Une éternité

à

tuer

Roman

Julien Eliso

Au fond, personne ne croit à sa propre mort, et dans son inconscient, chacun est persuadé de son immortalité.
Sigmund Freud, *Essais de Psychanalyse*

L'immortalité est une idée sans avenir.
Albert Camus, *Carnets*

Chapitre 1

Il ne me reste plus que peu de temps à vivre et c'est un soulagement.

Je m'appelle Evan Le Buec. Je suis né en 1846 à Brest pendant la Monarchie de Juillet, sous le règne de Louis-Philippe. J'ai été élevé dans un milieu modeste et aimant. Mon père était marin-pêcheur à son compte, patron de quelques matelots. Ma mère, quant à elle, pratiquait la couture pendant les longues absences de son mari. Elle veillait également au bien-être de ses cinq enfants. Je suis le benjamin de cette famille.

Nous vivions tous ensemble dans une maison aux murs blanchis à la chaux et aux volets bleus. Celle-ci se dressait sur une côte bordée de rochers qui formaient une muraille crénelée. Elle avait un jardin carré, un potager ainsi qu'un enclos où on élevait des cochons.

La ville de ma naissance a eu une influence déterminante sur ma vie entière car j'ai grandi dans le berceau de l'océan et j'ai contracté une passion immodérée pour tout ce qui a trait au domaine maritime et à la navigation en particulier.

J'habite désormais à Paris et au moment où je me prépare à vous raconter les moindres détails de ma vie si singulière, si étrange, nous sommes en 2122. Je sais que cela paraît impossible d'un point de vue physiologique sachant que tout Homme a une vie limitée dans le temps sur cette terre. En outre, à l'époque où j'ai vu le jour, il n'était pas possible de vivre aussi longtemps qu'aujourd'hui. En effet, désormais, la médecine a réussi à dépasser l'espérance de vie au-dessus des cinq cent cinquante ans.

Ne pensez pas que je suis atteint de névrose ou que je suis un être fantasque. Le récit que je me prépare à vous faire est authentique.

À partir de l'âge de 13 ans, mon père m'a appris tous les rudiments qui permettent de devenir un bon marin. Il m'emmenait souvent à son retour en pleine mer. Je dois dire que ses leçons étaient souvent assez rudes et âpres car, non seulement mon père avait une forte personnalité dure comme le sol granitique de la Bretagne, mais il voulait aussi faire de moi le digne héritier de ses connaissances maritimes. J'ai donc reçu une solide instruction allant dans ce sens. Et mon père a ressenti beaucoup de fierté lorsque j'ai intégré un lycée militaire et naval au cours de mon adolescence.

En 1867, pendant mes études, une rencontre a bouleversé ma vie sans que je n'en soupçonne rien à ce moment-là. J'en ai pris conscience quelques années plus tard, après la guerre franco-prussienne qui a ébranlé notre pays.

Un soir, je me suis rendu dans un estaminet du centre-ville de Brest et j'ai engagé la conversation avec un certain Jules Crevaux. Ce dernier m'a raconté qu'il étudiait à l'école de médecine navale non loin d'ici. Nous avons eu une longue discussion sur la situation de la France qui traversait de multiples crises. Nous avons aussi immanquablement parlé de la mer et des voyages ainsi que de nos ambitions respectives. En 1868, l'année d'après, je l'ai recroisé bon nombre de fois, le soir toujours, dans ce débit de boissons ou d'autres étudiants se mêlaient et échangeaient comme nous sur divers sujets.

Au cours d'une de ces soirées, pendant lesquelles nos esprits voguaient avec jubilation sur les vapeurs de l'alcool, il a sorti un document de sa poche; il s'agissait d'une carte maritime. Il m'a alors montré du doigt plusieurs zones sur celle-ci.

Il m'a dit, l'air à la fois déterminé et songeur :

« Je rêve de découvrir les habitants et les paysages de certains pays lointains. Je veux leur apporter une aide médicale, un peu de notre civilisation et apprendre de nouvelles mœurs. Je désire ardemment entretenir des relations bénéfiques et fructueuses avec eux. »

Ses discours relevaient d'une certaine philanthropie mais surtout d'un profond humanisme digne des Hommes de la Renaissance.

Je lui ai fait part de mon engouement :

« J'aimerais bien t'accompagner si l'occasion se présentait ou du moins en faire tout autant. Mon expérience dans la navigation et toute mon éducation m'y incitent. »

Nous nous sommes revus un jour et il m'a annoncé que ses études et ses diplômes lui offraient l'opportunité d'embarquer quinze jours plus tard, sur un navire qui accosterait en Afrique puis en Amérique du Sud.

Je l'ai beaucoup envié mais j'allais connaître le même sort car j'intègrerai bientôt l'équipage d'un bateau de commerce. Mon père m'avait recommandé pour ce voyage grâce à certaines de ses relations.

J'ai donc embarqué et traversé plusieurs mers ou océans. J'ai découvert notamment le pourtour de la Méditerranée, l'Afrique du Nord et l'océan Indien. Puis la guerre franco-allemande de 1870 m'a contraint, comme tous les jeunes de mon âge, à m'engager. Nous avons subi les conséquences de la volonté d'expansion de l'Empire prussien. J'ai été envoyé sur le front de l'Est, le pire.

Peu de temps après avoir été mobilisé, j'ai été blessé à la jambe, ce qui m'a valu de longs mois d'inertie jusqu'à ce que la gangrène me menace. Heureusement, je suis parvenu à m'en sortir. La France a cependant perdu certaines parties de son territoire avec la cession à la Prusse de l'Alsace et d'une partie de la Lorraine en 1871.

Trois ans plus tard, en 1874, qu'elle ne fut pas ma surprise lorsque j'ai retrouvé, alors que j'étais en fonction dans l'armée et les affaires étrangères, Jules Crevaux au sein de la division navale de l'Atlantique Sud ! Un des navires était en partance pour l'Amérique du Sud, précisément la Guyane. La mission consistait à explorer cette terre peu connue et à établir de nombreux repérages tant sur le plan de la cartographie que sur celui de l'anthropologie.

Parmi l'équipage, Jules s'est avancé vers moi, les yeux écarquillés de stupéfaction, et m'a dit :

«Salut l'ami ! Quelle joie de vous revoir ici! Cela va rendre le voyage et l'expédition des plus agréables. Je suis content d'avoir un ami à bord.

- C'est une grande joie de vous retrouver. Je ne vous lâcherai pas d'une semelle, ai-je répondu jovialement.

- Sachez que je suis ici en tant que médecin major, et vous ?

- Je suis quartier-maître.

- Si vous souffrez du voyage, je suis votre homme pour prendre soin de vous. Vous n'aurez qu'à demander... Je vais pouvoir assouvir ma passion pour l'Amérique du Sud. Il me reste tant de choses à voir, à apprendre. Il ne s'agit pas d'une simple mission : c'est la promesse d'un enrichissement culturel et personnel, dit-il avec feu.

- Je ne suis jamais allé là-bas, ai-je dit.

- Je connais pour ma part un peu le territoire. Je serai votre ange- gardien, comptez sur moi !

Le bateau a appareillé. La traversée de l'Atlantique a duré de longues semaines éprouvantes mais notre soif de curiosité nous conférait toute la force nécessaire pour surmonter toute difficulté. J'avais l'impression d'être dans l'équipage de Christophe Colomb en 1492 et cela me rappelait que Vincent Pinson avait découvert la Guyane en 1499.

À notre arrivée, j'ai dû superviser l'organisation des marchandises et la logistique puis remettre de l'ordre à bord du bateau en donnant des instructions à mes matelots. Je devais rejoindre Jules Crevaux quelques jours plus tard.

Mon ami représentait une aide précieuse sur le plan médical. Toute une suite d'hommes, de militaires ou de civils, ainsi que des guides se sont rendus au sud de Cayenne. Nous n'avions pour matériel que quelques chevaux, mulets, pirogues qui allaient nous permettre d'emprunter tout un réseau de rivières et de fleuves.

Nous avons très vite souffert de la chaleur et de l'humidité étouffante. Nos corps suintaient. Ce climat malsain de la Guyane est réputé pour avoir découragé toute exploration. Il fallait être fou pour accepter une telle expédition mais Crevaux avait été mandaté par Jules Ferry. Je sentais que rien ne ferait obstacle à sa volonté. Sa cadence était d'ailleurs rapide et difficile à soutenir. Il était habité par une volonté extraordinaire, aiguillée par une intense curiosité intellectuelle.

Nous l'avons suivi dans les impénétrables forêts hostiles guyanaises où l'on entendait divers animaux. Ceux-ci émettaient des cris parfois peu rassurants. Des singes hurleurs ou des toucans perçaient l'air de leurs sons stridents et répétés tout en demeurant invisibles. De nombreux moustiques, formant des nuées autour de nos visages en sueur, nous assaillaient sans relâche. Et nous avancions sur des cours d'eau difficilement praticables car des souches d'arbres nous barraient sans cesse la route. Nous nous sommes arrêtés au crépuscule sur des rives où, à coups de machette, nous avons dégagé des entrelacs de végétation qui laissaient à peine pénétrer la lumière dans la forêt.

À l'aide de ses instruments et de ses cartes très imprécises, Jules Crevaux consignait dans des carnets, des cahiers ou sur de grandes feuilles de papier, absolument toutes les données de ce territoire. Il avait les yeux constamment rivés sur sa boussole et d'anciennes cartes établies par des explorateurs du passé. De plus, des guides interprètes l'aidaient à réaliser de nouvelles topographies.

Un de nos objectifs était de délimiter un secteur afin d'en établir, au prix de longues journées de marche, ses frontières jusqu'alors peu précises.

Pour la plupart d'entre nous, une angoisse nous étreignait la gorge dans ce milieu vierge, à mille lieues de notre civilisation occidentale. La forêt, dense, épaisse, nous étouffait au sens propre comme au sens figuré. Nos vêtements étaient constamment trempés à cause du taux d'humidité. Le ciel disparaissait dans des cathédrales immenses de végétation constituées d'arbres séculaires, de fougères, de lianes, de mangroves, de bananiers, de cacaoyers, de digitales. Il y avait également des ficus, des palmiers des Bermudes, bref, un éventail incommensurable de spécimens d'arbres, de plantes et de fleurs.

Alors que nous progressions difficilement à travers des branchages sur lesquels se promenaient parfois des araignées, des iguanes ou des serpents, j'ai soudain ressenti une vive douleur, plus exactement une piqûre effroyable à la base du cou. Je souffrais énormément. J'ai tout de suite pensé à la morsure d'un reptile ou à celle d'une tarentule ou à la piqûre d'une sorte de taon. J'ai poussé un cri retentissant. Mes compagnons se sont retournés mais je suis resté stoïque malgré la persistance de cette douleur. J'ai simplement dit que je m'étais tordu le pied pour ne pas les alarmer, ce qui n'était pas très malin, je dois le dire.

Au bout de deux heures, j'ai passé la main sur ma nuque. Ma peau était boursouflée. Un œdème informe, que je sentais sous mes doigts, s'était formé. Je n'ai rien dit car je ne voulais pas ralentir la marche mais je commençais sérieusement à m'inquiéter. Et j'avais de plus en plus chaud. J'avais l'impression que mon sang cuisait et bouillait dans les moindres veines et artères de mon corps. J'avais une très forte fièvre. Mes jambes étaient très lourdes. Mon souffle difficile. Je mettais tout cela aveuglément sur le compte du climat équatorial dans le seul but de me rassurer.

Rapidement, j'ai eu des hallucinations. Je voyais des ombres et des multitudes d'insectes ou des animaux imaginaires. J'ai fini par tituber de plus en plus. Mes jambes flageolaient. Puis je suis tombé subitement, je me suis affalé de tout mon poids, au pied d'un énorme palétuvier, entouré de plantes grasses.

À moitié conscient, j'entendais la voix - qui me semblait très lointaine - de mon ami Jules Crevaux : « Tenez bon, mon vieux ! Je vais vous examiner attentivement. Ce n'est pas le moment de flancher ! » Il a confirmé que j'avais une forte fièvre et il a constaté que j'avais une étrange protubérance sur la nuque. Il faut savoir que Crevaux - c'est ce qu'il m'avait expliqué pendant la traversée de l'Atlantique - avait rédigé une thèse de doctorat sur les maladies liées aux forêts tropicales. C'était un spécialiste. Il avait eu l'occasion, plusieurs années auparavant, de soigner des autochtones et des résidents français sur plusieurs continents.

Mes camarades, sur les conseils de mon ami médecin, ont fabriqué une civière de fortune élaborée avec des branches et des feuilles épaisses. Un mulet avait pour fonction de tracter ce brancard très artisanal. J'entendais mes compagnons poser les questions suivantes avec anxiété : « Comment allons-nous le soigner ? Nous sommes très loin de tout. N'y aurait-il pas un village à proximité? »

Certains se sont ensuite exclamés en chœur : « sa peau est toute rouge, il a des boutons sur tout le corps ! »

Mes compagnons ont continué de marcher pendant un certain temps qui m'a paru une éternité. Je passais par des phases d'éveil et de somnolence proches du coma. On me donnait cependant à boire régulièrement et on m'avait recouvert d'un mélange de boue et de feuilles humides pour tenter de faire baisser et de maintenir ma température corporelle.

Un des guides indigènes s'est mis à pousser un cri strident dans la forêt. Ce jaillissement guttural a provoqué en moi un grand frisson. Je me suis évanoui complètement en l'entendant.

Lorsque j'ai rouvert les yeux, des indigènes que je ne connaissais pas, m'entouraient. Ils parlaient avec volubilité et tenaient un conciliabule mais leur langage m'était bien sûr incompréhensible. Ils répétaient sans cesse un même mot qui tout au long de leurs litanies : « Quelcotal ! »

Jules Crevaux a demandé à l'interprète ce que cela signifiait. Quelqu'un le lui a dit mais je n'ai rien pu en saisir. On m'a ensuite conduit dans une sorte de hutte car mes compatriotes avaient trouvé un village dans cette immense forêt. Les tribus vivaient là, reculées et dissimulées au cœur de la jungle.

Dans l'habitat sommaire, fait de boue séchée, de branches, de feuillage et de lianes, on me redressa en position assise. Ma tête tournait considérablement ; mes yeux étaient légèrement entrouverts.

Un indien, à la peau enduite de peintures rouges et noires sur le visage, a tendu dans ma direction une calebasse à l'intérieur de laquelle se trouvait un breuvage nauséabond qui ressemblait à une mélasse. Je n'ai pas pu saisir le récipient. On l'a donc porté à mes lèvres et je me suis efforcé de boire le contenu. J'ai rapidement recraché le peu que j'avais en bouche tant c'était répugnant, infect. Toutefois, sous les injonctions de mes compagnons, j'ai réussi à boire tout l'épais liquide en m'y reprenant à plusieurs fois, accompagné par les vifs encouragements des hommes autour de moi. Une fois terminé, mon cœur s'est soulevé à cause de l'amertume de ce breuvage. Au bout d'une demi-heure, je me suis de nouveau évanoui.

Lorsque j'ai enfin pu reprendre mes esprits, après un sommeil qui avait duré deux jours, la fièvre était passée mais je ne parvenais pas à me lever. Je suis resté dans la hutte une semaine environ et j'ai réussi à me redresser avec beaucoup de mal à cause, en partie, de mon immobilisation prolongée.

Jules m'a examiné, ainsi que l'indigène de la hutte et m'a certifié que j'étais guéri. Mon ami m'a expliqué toutes les causes de mon mal. Il m'a appris que j'avais été piqué par un réduve géant, insecte à la piqûre douloureuse qui transmet la maladie de Chagas, une infection parasitaire. C'est ce que les Indiens lui avaient révélé et ce qu'ils voulaient dire lorsqu'ils avaient crié ce mot de "quelcotal".

Mon ami avait profité de mon repos pour étudier cette tribu. Il en avait récupéré des objets hétéroclites qu'il ramènerait en France. Il avait également constitué un herbier sur certaines plantes médicinales utilisées par les autochtones, notamment celle qui avait été employée pour ma guérison. Il avait réussi à en collecter subrepticement dans la demeure du sorcier indien qui m'avait soigné.

Jules m'a annoncé que nous partirions dans trois jours. Il a testé ma résistance en me faisant faire le tour du village. Il a déclaré que je devais être dorénavant en mesure de continuer l'expédition.

J'ai été surpris de voir des Indiens entièrement nus ou ne portant qu'un modeste cache-sexe. Au centre du campement se trouvaient des enfants et beaucoup dormaient sur des paillasses tressées avec des feuilles de palmier. Certains me regardaient attentivement comme une bête curieuse, les yeux écarquillés. Ils ne me souriaient pas mais leur regard en disaient long : j'étais pour eux un tout simplement un « extraterrestre », un spécimen hors du commun. Il n'avait jamais rien vu de tel, surtout pas un homme blanc.

À la fin de la journée, j'ai demandé à un des interprètes de m'introduire dans la hutte du guérisseur pour que je le remercie.

Je transcris ici la conversation que j'ai eue avec le chaman. Un guide local traduisait mes paroles et celles de mon interlocuteur. Le guérisseur du village m'a demandé tout d'abord:

- Comment vous sentez-vous ? Mieux ?

- Oui, je vous dois énormément. Vous m'avez sauvé la vie !

- Je n'ai fait que mon devoir pour préserver l'existence d'un homme. Je considère que toute forme de vie est inestimable. Chaque être a sa fonction dans l'univers et dans la Nature. Vous vous sentirez plus en forme avec le breuvage que je vous ai donné, c'est le moins qu'on puisse dire. Vous aurez dorénavant la force du jaguar, la volonté du tigre et une vie plus longue que celle du doyen de la forêt, c'est-à-dire moi-même. Je ne vous dirai pas mon âge, vous ne me croiriez pas, vous, l'étranger des terres lointaines. J'ai ajouté à la deuxième mixture, une plante très rare qui allongera considérablement votre vie et surtout vous rendra « indestructible. »

-« Indestructible ? » Qu'entendez-vous par là ?

-Vous aurez l'occasion de vous en rendre compte par vous-même; vous n'êtes plus tout à fait comme le commun des mortels. Une grande force vous habite comme je vous l'ai dit. Cette plante est un secret que mes ancêtres se sont transmis durant des siècles au fil des générations. Le breuvage que je vous ai fait boire est un élixir de vie.

Je pris ces paroles comme étant remplies d'exagération, invraisemblables, mais j'étais très satisfait d'avoir pu recouvrer toutes mes capacités, peu importait les moyens. Je me sentais en pleine forme. Je l'ai remercié une nouvelle fois et je lui ai offert la chaîne en or que je portais autour du cou. Il a incliné la tête en guise de remerciement.

Notre expédition s'est remise en route à travers la forêt trois jours plus tard. Ma forme physique était telle que mes compagnons avaient du mal à me suivre. La nuit, je ne dormais qu'une heure ou deux seulement. J'éprouvais de grandes phases d'excitation, rempli d'une force incommensurable. Mon esprit ne se reposait quasiment pas et mon corps réclamait sans cesse du mouvement.

Jules Crevaux m'a exprimé son étonnement et a déclaré :

« Ces forêts tropicales recèlent bien des secrets... Certaines plantes représentent un très haut intérêt pour notre médecine occidentale. C'est pourquoi j'ai constitué un herbier et j'ai prélevé des échantillons dans des éprouvettes. L'Institut de Médecine les étudiera avec la plus grande attention et j'y participerai. Cela fait partie, entre autres choses, du programme ministériel et scientifique.

Quinze jours plus tard, nos chemins se sont séparés ; j'ai regagné le navire qui devait me ramener en France car j'avais reçu l'ordre de rejoindre le Ministère. J'ai été appelé à travailler aux Affaires Maritimes pour commencer à réaliser les cartographies navales et territoriales suite à nos premières explorations. Je suis donc revenu à Paris en 1878, soulagé de ne plus avoir à subir un climat peu clément malgré mon excellente condition physique.

J'ai ainsi repris mes habitudes à Paris. Tous les soirs, après mes heures de travail minutieux de fonctionnaire, je profitais des cabarets parisiens et d'autres lieux festifs de la ville. Il m'arrivait de quitter ces endroits très tardivement. Je dois dire que mon travail en pâtissait quelque peu. J'ai donc décidé de ralentir le rythme de mes escapades nocturnes. J'ai pris la résolution de continuer mais de manière plus irrégulière et plus espacée.

L'impensable s'est produit une de ces nuits, vers 1h du matin, alors que je me décidais à regagner mon domicile, un appartement de fonction des plus confortables qu'une de mes connaissances au Ministère avait obtenu pour moi. J'ai réalisé, après ce soir-là, que je ne n'étais plus un individu comme un autre. J'ai découvert la nouvelle vie qui m'attendait et le poids du secret que je devrais porter.

Comme je l'ai dit, vers une heure du matin donc, j'étais en train de regagner mon domicile. Pour aller plus vite, j'ai emprunté les quais de Seine. L'église située à côté s'est mise à sonner le quart au bout d'un moment. Alors que je marchais tranquillement, légèrement grisé par la soirée joyeuse que j'avais passée en compagnie d'une demoiselle, j'ai regardé machinalement ma montre à gousset. La lune en faisait briller la patine. Le ciel était dégagé et parsemé d'étoiles.

Quelqu'un est sorti de l'ombre d'un mur et s'est approché de moi. J'ai distingué, à la lumière faible d'un réverbère, qu'il s'agissait d'un homme jeune, ayant une vingtaine d'années. Il avait une casquette vissée sur la tête. Il s'est positionné, vif comme l'éclair, en un clin d'œil, devant moi. Il m'a demandé l'heure qu'il était. J'ai été très surpris tant par sa question que par sa présence inopinée. Je n'ai pas eu le temps de répondre ; j'ai ressenti brusquement un violent coup sur la tête et une forte poussée dans le dos. J'ai trébuché et me suis retrouvé projeté à terre. Une main rapide et experte a fouillé mes poches aussi bien intérieures qu'extérieures. J'ai essayé de me redresser mais le malfrat m'a traîné et m'a fait rouler par-dessus le quai de Seine. Je suis tombé à l'eau. Le courant était rapide et les eaux du fleuve extrêmement froides. C'était la fin du mois de février.

Mon cœur battait la chamade et je me suis senti entraîné, ou plutôt aspiré au fond. Je n'ai pas eu le temps de retenir ma respiration car tout mon corps était engourdi et même tétanisé. Et je suis descendu irrémédiablement dans les profondeurs ténébreuses du fleuve, ballotté par les courants forts. Ma conscience s'est éteinte tout à fait. L'eau a envahi mes poumons. La souffrance était insupportable. Je me souviens que j'ai vu défiler toute ma vie et qu'un écran noir est apparu dans mon esprit pour laisser place à un grand vide. Cette nuit-là, je suis mort asphyxié, noyé au fond des eaux parisiennes.

Étonnamment, j'ai ouvert les yeux sans savoir combien de temps s'était écoulé et j'ai distingué une lumière blanchâtre. Tout était flou autour de moi. J'avais beaucoup d'eau dans les poumons. J'ai suffoqué et j'ai vomi tout ce liquide après bien des toux et des halètements. L'intérieur de ma poitrine était dévoré par un feu inextinguible. Où étais-je ? Dans l'antichambre de la mort ? Je ne l'ai su qu'après avoir retrouvé une respiration normale. J'ai compris qu'il ne faisait plus nuit mais que c'était bel et bien le jour. Je suis sorti de mon coma et j'ai vu, une fois ma vision plus nette, que je me trouvais sur une des rives de la Seine, mais une rive herbeuse, pas dans la ville de Paris.

Mes vêtements collaient à ma peau et j'avais perdu mes chaussures. Je ne savais pas quelle heure il était et pour cause puisqu'on m'avait volé ma montre. J'ai réalisé toutefois que je me trouvais sur une berge, à l'aube, en pleine campagne. En effet, il n'y avait pas d'immeubles ni de rues, ni de boulevards autour de moi. Rien que des arbres et des étendues d'herbe. J'étais allongé sur de la boue près d'un talus, les pieds plongés dans l'eau au bord du fleuve.

Je me suis mis à pleurer tellement ma situation était irréelle. J'avais survécu à une noyade, rendez-vous compte ! Impossible me direz-vous et pourtant j'étais bien vivant même si j'avais des doutes quant à cela. Peut-être que tout ceci n'était qu'un mauvais rêve. Cependant, la douleur lancinante que je ressentais au sommet de mon crâne me faisait retourner à la réalité sensible. J'étais bien revenu des frontières de la mort. Mais où étais-je exactement? Où mon corps avait-il dérivé?

J'avais passé trop de temps dans les eaux de la Seine depuis l'incident. Une longue durée s'était écoulée. Je devais être un mort-vivant !

Au bout d'une heure environ, je suis parvenu à me lever mais j'avais somnolé entre-temps. Soudain, j'ai senti une présence à mes côtés.

Un pêcheur, qui passait par là, m'a demandé d'un air ébahi :

« Que vous est-il arrivé ? Avez-vous besoin d'aide ? Vous avez glissé dans l'eau ? Beaucoup de gens sont très imprudents par ici! »

Mes cheveux étaient sales, pleins de vase et recouverts de brins d'herbe.

L'inconnu m'a scruté. J'avais une très mauvaise allure : j'étais pieds nus et mes vêtements étaient en piteux état.

« Ce n'est rien, laissez-moi » ai-je bredouillé.

Je me sentais un peu faible. J'ai réussi cependant à me relever et à marcher. J'ai parcouru un kilomètre en m'accordant de nombreuses pauses puis j'ai aperçu une sorte de guinguette. Près de cette dernière, se trouvait une maisonnette blanche à un étage. J'en ai fait le tour discrètement. À l'arrière, du linge séchait sur plusieurs cordes tendues. Je me suis approché à pas de loup et j'ai jeté de nombreux coups d'œil autour de moi. Rien ne bougeait. Il n'y avait personne en vue. J'ai regardé une nouvelle fois le linge et j'ai remarqué qu'il y avait un pantalon d'homme et une chemise. Je les ai décrochés et les ai vite enfilés. Ils étaient un peu grands pour moi mais ils avaient le mérite d'être secs. Il ne me manquait que des chaussures. Mes pieds avaient souffert de la marche sur les chemins cailloteux et accidentés que j'avais empruntés à travers cette campagne.

J'ai ensuite distingué autre chose sur un des pans de la maison : un vieux chiffon épais était posé sur un rebord d'une des fenêtres. Je l'ai pris, l'ai enroulé autour de mes pieds, après l'avoir déchiré, et l'ai noué autour de mes chevilles. Cela m'a servi de semelles de fortune. C'était mieux que rien.

J'ai pu ainsi marcher sans trop de mal jusqu'à une petite ville que j'avais aperçue à l'horizon.

Il me fallait trouver un moyen pour regagner Paris et mon domicile. Comment allais-je procéder, compte tenu de l'état dans lequel je me trouvais ?

Après réflexion, malgré la soif et la faim intense que je ressentais, je me suis décidé à chercher une gare après avoir erré tout en me faisant invisible car j'avais l'apparence d'un mauvais vagabond.

J'en ai finalement trouvé une par chance. Sur l'un des quais, quelques personnes attendaient. Je me suis senti, au fur et à mesure que j'avançais devant eux, déshabillé par leurs regards qui étaient mêlés de mépris, d'étonnement et de crainte. Je ressemblais à un misérable et j'en avais honte.

J'ai entendu un bruit sourd au loin. Un train s'approchait de la gare. Je suis monté dans un des wagons et me suis dirigé vers le compartiment de troisième classe. Je me suis assis en face d'une jeune femme qui avait à peu près mon âge et à côté de laquelle se trouvait un couple de vieilles personnes. Ces dernières se sont regardées lorsqu'elles ont vu mon aspect mais elles n'ont rien laissé paraître sur leur visage : ni dégoût, ni peur. En revanche, les gens placés sur les banquettes en face ont manifesté une certaine stupeur. Ils se sont regardés avec de grands yeux interrogateurs et désapprobateurs.

Chose prévisible au bout d'un certain temps, alors que le train avançait lourdement, j'ai aperçu un contrôleur. Je n'avais, bien entendu, aucun billet en ma possession. Mon cœur s'est mis à battre plus vite et une angoisse a serré ma gorge. Je savais pertinemment que cet agent allait m'infliger une amende avant de m'expulser à la prochaine station. Comment, d'ailleurs, aurais-je pu acheter un billet puisqu' on m'avait complètement dépouillé ?

L'homme m'a fixé du regard et s'est dirigé tout droit vers moi. Il m'a posé la question fatidique au sujet du billet et je n'ai pas cherché à l'éluder. J'ai donc reconnu en être dépourvu.

L'agent ferroviaire a pointé sur moi un doigt accusateur et m'a demandé la raison de cette absence de billet. Je n'ai pas su quoi répondre. J'étais honteux et dans l'embarras. Je me sentais désemparé. Il m'a sermonné et m'a demandé d'où je venais et quelle était mon identité.

Je lui ai donné mon nom et mon prénom qu'il a notés dans un carnet. Je lui ai dit où je travaillais. Il n'a pas cru un traître mot de ce que je lui disais. J'étais un fraudeur ; je n'avais pas ma place ici. L'agent s'est mis en colère, son visage est devenu cramoisi et ses moustaches ont frémi. Il m'a intimé l'ordre de ne pas bouger. Il s'est dirigé à l'extrémité du train vers une cabine puis il est revenu. Il m'a informé avec fermeté qu'il me ferait descendre du train à la prochaine station. Il m'a murmuré à l'oreille qu'il me remettrait aux autorités.

La jeune femme assise en face de moi m'a regardé et a compris ce qui se passait. Elle s'est adressée au contrôleur d'un air déterminé: «Monsieur l'agent, je vais payer le billet et l'amende de ce monsieur. »

L'agent lui a répondu en refusant par un mouvement de tête mais elle a aussitôt enchéri: « Laissez-le tranquille, je vous dis que je m'en porte garante. Je connais ce monsieur. Il a subi un sort fâcheux. »

J'ai été extrêmement surpris par sa réaction et par ses propos. Je me suis senti gêné, encore plus que de ne pas avoir de billet.

Le contrôleur a hésité mais il a fini par accepter la proposition. J'étais sauvé ! J'ai poussé un soupir de soulagement. J'ai cependant eu un peu de mal à me remettre de cette scène rapidement. J'ai oublié de remercier la jeune femme. Cette dernière a plongé la main dans son sac qu'elle tenait sur ses genoux et en a sorti la somme nécessaire qu'elle a donnée au contrôleur. Ce dernier a ensuite vérifié les billets des autres passagers du train.

Ayant recouvré mes esprits, j'ai entamé une conversation avec celle qui m'avait tiré d'affaire :

«Je ne sais pas comment vous remercier. Merci infiniment, mademoiselle ; sans vous, j'étais bon pour aller au poste de police.

- Je vous en prie. J'ai vu à votre regard et à vos manières que vous êtes un honnête homme. Vous n'êtes pas du tout un marginal. Je ne vous demande pas ce qui vous est arrivé. Je ne suis pas une personne indiscrète. Vous savez, j'aime bien aider les gens en détresse, ce qui correspond tout à fait à votre situation.

- Je me dois de vous remercier par un geste de générosité. Vous vous rendez à Paris, n'est-ce pas ?

- Oui, je retourne chez moi après une visite rendue à ma mère qui est veuve. Ce n'est pas la peine de me récompenser. La charité doit demeurer gratuite et venir du fond du cœur. »

J'ai réfléchi un moment et j'ai pensé que si je venais à la croiser dans la capitale, je lui offrirais des fleurs.

Puis j'ai repris notre conversation :

«J'habite dans le quartier de Montparnasse. Je travaille au ministère des Affaires maritimes. Vous comprendrez que j'ai hâte de rentrer chez moi. Je ne supporte plus mon accoutrement et je me sens sale. J'ai besoin de changer d'allure et de trouver des vêtements propres. Je vais vous dire ce qui m'est arrivé en partie : j'ai failli me noyer dans la Seine. »

J'ai dit cela en occultant la vérité car en réalité, je venais de « ressusciter ». Je sais que j'étais réellement mort dans le fleuve et que mon corps avait dérivé ; je n'avais pas été inconscient, ça, non, j'avais bien senti les souffrances de ma mort physique. Nul n'aurait pu en réchapper.

La jeune femme ne parut pas étonnée outre mesure, du moins, c'est ce que j'ai interprété en regardant l'expression de son visage.

Elle m'a tendu la main et m'a dit gentiment :

« Excusez-moi, j'ai été un peu grossière. Je me présente, je m'appelle Éloïse. »

J'ai serré délicatement sa main fine et délicate et me suis présenté à mon tour : « je m'appelle Evan Le Buec, enchanté de vous connaître.»

Nous avons discuté pendant tout le trajet et nous avons ressenti, je dois dire, une attirance l'un envers l'autre malgré mon aspect repoussant. Cette jeune femme était charmante. Nous tombions d'accord sur tous les sujets abordés.

J'ai ressenti un grand pincement au cœur lorsque le train est arrivé en gare de Paris. Nous sommes descendus sur le quai et nous nous sommes serrés la main une nouvelle fois. Je n'ai pas osé lui demander où elle habitait. Cela aurait été inconvenant. La probabilité de la revoir était faible dans ce grand Paris. Je devais me résoudre à la quitter pour toujours.

En nous éloignant l'un de l'autre, nous nous sommes retrouvés plusieurs fois à nous faire des signes de la main puis chacun a repris sa route, à mon grand regret.

Chapitre 2

Je suis retourné au travail tout à fait normalement après ma noyade dans la Seine, aussi improbable que cela puisse paraître. Personne ne s'est rendu compte de quoi que ce soit car ma mésaventure s'était produite un dimanche. Je ne me sentais absolument pas fatigué parce que ma nuit de sommeil, même si elle avait été courte, m'avait permis de récupérer pleinement, ce qui m'interrogeait sur les mystérieuses nouvelles facultés de mon corps.

Au ministère, j'effectuais mes tâches avec des pensées constantes pour la jeune femme qui m'avait tiré d'embarras dans le train. Notre conversation me hantait et son image s'illuminait constamment dans mon esprit, dans mon souvenir.

Aussi, après ma journée de travail, je flânais dans beaucoup de quartiers différents de Paris avec l'espoir chevillé au corps de la retrouver.

Un mois s'était écoulé. J'avais perdu toute espérance. Mais quelque chose a fini par se produire : je l'ai finalement rencontrée de nouveau près de chez moi alors que je faisais quelques emplettes sur un marché. Je l'ai aperçue de dos juste devant moi et, lorsqu'elle s'est retournée, nos regards se sont croisés. Nous avons été stupéfaits l'un et l'autre. Nous n'avons pas dissimulé notre joie de nous revoir là. Elle était resplendissante et mon cœur s'est emballé en la voyant. J'étais bien décidé à ne plus la quitter d'une semelle.

Je lui ai demandé si elle habitait dans ce quartier. Elle m'a précisé son adresse au fil d'une longue et nouvelle conversation que nous avons eue. J'ai fait preuve d'audace : je l'ai invitée un après-midi où j'étais libre à une promenade dans les jardins parisiens au bois de Boulogne. Elle a accepté bien volontiers. Ce jour-là, nous avons passé des heures charmantes et nous avons créé des liens qui resteraient indéfectibles.

Eloïse m'a appris qu'elle ne travaillait pas. Elle vivait d'une rente d'un parent décédé qui avait travaillé dans le commerce du tissu. Je l'ai accompagnée jusqu'à son domicile. Elle habitait dans un grand immeuble haussmannien.

Nous nous sommes vus de nombreuses fois par la suite. Nous avons passé des journées durant mes congés à nous échanger des galanteries, émaillées de mots doux.

Cinq mois plus tard - ce qui peut paraître court, j'en conviens - nous avons décidé de nous fiancer. Notre relation était tellement harmonieuse que le doute n'était pas permis.

Nous avons emménagé ensemble dans son luxueux appartement. Nous nous sommes mariés sans trop attendre trois mois après. Notre entente était parfaite.

J'ai fait connaissance avec sa famille et avec quelques-uns de ses amis qui se sont avérés très sympathiques. Éloïse était une jeune femme cultivée et très avenante ; elle possédait de nombreuses qualités.

Afin de célébrer au mieux notre union, nous avons effectué un voyage en Italie, à la suite duquel j'ai eu l'occasion de confirmer définitivement que je n'étais plus tout à fait le même qu'avant sur le plan physique. Voici comment je m'en suis rendu compte.

Éloïse et moi passions un excellent séjour. Nous visitions des monuments tout au long des journées ensoleillées notamment à Rome et nous étions toujours servis par une multitude de domestiques qui nous accompagnaient même dans nos déplacements.

Nous logions dans des hôtels très confortables. Nous avons découvert toutes les richesses de la botte italienne, tous les vestiges romains et chrétiens.

Je ne dormais pas beaucoup la nuit et je passais de longues heures à profiter de la fraîcheur du soir sur la terrasse de notre chambre. Je lisais à la lueur d'une bougie pour tromper l'ennui de mes insomnies. J'étais en excellente condition physique toute la journée. Je ne dormais que trois heures par nuit, ce qui ne m'arrivait jamais avant l'expédition en Guyane.

L'événement le plus singulier, le plus édifiant sur mes nouvelles capacités s'est produit deux jours après notre retour de voyage. Eloïse m'avait laissé seul quelques jours car une de ses cousines était malade.

Elle devait l'aider dans ses démarches médicales. Elle m'avait fait la promesse de revenir au plus vite.

Un soir, alors qu'il faisait très chaud dans le grand appartement où nous logions, en plein cœur de l'été, j'ai décidé d'ouvrir toutes les fenêtres de la chambre et de profiter de l'air un peu plus frais de l'extérieur. Je me suis accoudé à l'une des fenêtres du salon ; je me suis mis à regarder les passants dans la rue en contrebas.

Il y a eu subitement un grand coup de vent. Les deux battants de la fenêtre aux multiples carreaux à la française m'ont heurté violemment à tel point que les vitres ont volé en éclats. Un énorme courant d'air dans l'appartement s'était créé. Malheureusement, les vitres se sont brisées sur mon visage et sur ma poitrine. D'énormes morceaux de verre sont venus également se ficher dans mon dos et sur mes bras. J'ai ressenti de vives douleurs et le sang s'est mis à couler à travers de nombreuses blessures. Des flots pourpres se sont répandus sur le parquet du salon. Je n'ai pas eu la présence d'esprit d'appeler à l'aide immédiatement. J'ai eu le bon réflexe d'arracher les rideaux et les cordons qui les nouaient et de les enrouler grossièrement pour les appliquer sur mes blessures. Je voulais limiter l'hémorragie. Cela ne s'est pas avéré très efficace mais c'était tout ce que j'avais sous la main. Déboussolé, affolé, je me suis allongé sur le parquet et j'ai essayé de reprendre mes esprits. J'avais mal partout. J'ai compris qu'il me fallait de l'aide sans tarder. J'espérais qu'un de mes voisins m'entendrait. Je me suis dit que je devais aussi me diriger vers la porte d'entrée, frapper à celle des locataires situés à l'étage inférieur mais il aurait fallu descendre les escaliers, chose inenvisageable vu mon état. Je ne savais plus quoi faire.

Au bout de dix minutes, - c'était insensé - je n'ai plus ressenti aucune douleur. Était-ce parce que j'avais atteint le pic de la souffrance, ce moment où le cerveau anesthésie la douleur par mesure d'autoprotection ?

J'ai regardé mon bras droit et j'ai vu que j'avais oublié de couvrir une vilaine blessure à mon poignet. En l'examinant, j'ai constaté une chose irréelle, déconcertante : des gouttes de sang s'échappaient de la plaie mais celui-ci coulait de moins en moins au fur et à mesure que je le regardais. J'ai vu, au bout d'une minute, plusieurs blessures se refermer complètement sur d'autres parties de mon corps ! Des bouts de chair se recollaient, se cicatrisaient d'eux-mêmes. Imaginez ma stupeur ! Comment était-ce possible ? N'était-ce là qu'une hallucination due à l'accident ? En tout cas, les plaies se sont rapidement refermées et n'ont laissé place qu'à une légère trace, qu'à une légère cicatrice.

Je me suis mis à « ausculter » tous mes membres, les moindres surfaces de mon corps qui étaient recouvertes par le tissu des rideaux que j'avais déchiré. Une chose était sûre : le sang avait cessé de couler abondamment car les auréoles rouges ne s'agrandissaient pas. J'ai essayé de soulever un des morceaux d'un de ces pansements de fortune. Je me suis aperçu qu'il adhérait à ma peau. Le sang avait complètement coagulé !

En y réfléchissant, je me suis alors redressé sur une de mes deux jambes. Je n'avais plus mal nulle part ! J'ai marché jusqu'à un bureau où se trouvaient des ciseaux et un coupe-papier ainsi qu'une pince et j'ai commencé à enlever délicatement et méticuleusement les bouts de tissu collés à ma peau. Chaque morceau que j'enlevais, laissait apparaître du sang séché et je voyais avec un grand étonnement que les coupures avaient disparu.

Une fois que j'ai eu tout enlevé, j'ai constaté que le sol était recouvert, çà et là, de grandes mares rougeâtres. Je me suis aussitôt livré à un méticuleux nettoyage. J'ai commencé par me laver le corps tout entier puis j'ai frotté pendant une heure. J'ai lessivé le parquet entièrement. J'ai ramassé aussi tous les débris de verre que j'ai jetés dans un grand sac qui se trouvait dans la cuisine.

Je ne pouvais pas remettre les fenêtres en état, j'ai fait appel à un vitrier qui passait par chance dans la rue. Je lui ai demandé de changer tous les carreaux endommagés ou manquants. Je m'étais bien entendu rendu présentable en prenant soin de changer de vêtements.

L'ouvrier ne m'a posé aucune question ; il m'a dit que ce coup de vent lui permettait de faire marcher ses affaires. Je l'ai réglé et il est reparti en sifflotant.

Éloïse est rentrée le lendemain. Celle-ci n'a absolument rien remarqué car j'avais employé tous les moyens pour cacher cet accident. Toutefois, je lui paraissais un peu soucieux, m'avait-elle confié. En effet, je n'arrêtais pas de penser à ce miracle qui s'était opéré sur mon corps. Je réalisais que je n'étais plus un homme comme les autres. Pour tout vous dire, cela ne me faisait pas peur : cela me ravissait, m'enchantait tout en soulevant de multiples interrogations: quelle sorte de remède m'avait administré le chaman dans la forêt équatoriale ? Ses paroles retentissaient dans ma mémoire. Je me les remémorais sans arrêt et c'était un refrain lancinant dans ma tête :

« vous serez indestructible, invincible »
m'avait-il dit.

Je ne craignais dorénavant plus aucun
accident, semblait-il. Aucun homme vivant ne
pouvait défier la mort ainsi. Y avait-il des
Indiens d'Amazonie qui possédaient les mêmes
facultés ? Sans doute, puisque ce remède était
connu par des guérisseurs depuis des
générations. Leurs ancêtres l'avaient utilisé.

J'avais une grande envie de repartir là-
bas et de mener mon enquête pour éclaircir
cela mais je ne pouvais m'absenter du
ministère. Je n'avais pas pour mission ou pour
ordre d'aller sur ce continent.

Une idée m'est cependant venue : il fallait
que j'interroge à tout prix un scientifique et
Jules Crevaux était tout désigné pour cela. En
même temps, cela me permettrait de prendre
de ses nouvelles. Je ne l'avais pas revu depuis
un long moment. J'irais voir au ministère où il

se trouvait actuellement. Nous étions alors en 1878. Ma femme attendait son premier enfant.

J'ai bien revu Jules Crevaux à la fin de cette année-là. Il m'a dit qu'il n'avait pas fini son immense tâche et qu'il lui restait encore beaucoup de choses à découvrir sur ce vaste territoire de l'Amazonie. Il m'a expliqué qu'on allait lui remettre la Légion d'honneur pour récompenser son travail lors de notre première expédition. Il en était très fier.

Je n'ai pas osé lui révéler le secret qui me hantait et l'incroyable destin que j'avais connu suite aux soins prodigués par le sorcier-guérisseur de la forêt. J'ai néanmoins abordé le sujet de manière détournée. Jules a patiemment écouté mes propos sans sourciller car c'était un homme rationnel, méthodique et d'un grand sang-froid. Il a déclaré, très enthousiaste :

« C'est pour cela que je vais repartir ! Je dois percer bien des mystères et je vérifierai tes informations concernant ces médecines indiennes. Restons en contact et je te donnerai de mes nouvelles. Je ne veux pas te perdre de vue car tu es une preuve vivante des singularités que l'on trouve sur ces territoires extraordinaires ! Tu sais, j'ai un échantillon de ton remède, je cherche à l'analyser mais nos moyens scientifiques sont limités et, là, je n'ai pas le temps, je dois repartir. Mais à mon retour, je me pencherai là-dessus. Sinon quelqu'un d'autre le fera. Je consigne toutes mes trouvailles et je donne des ordres à mes assistants. »

Quelques années plus tard, en 1882, alors que je n'avais eu aucune nouvelle de mon ami, j'ai lu dans la presse que Jules Crevaux était décédé. Voici un extrait de l'article :

« Jules Crevaux est mort de manière tragique lors d'une expédition dans le bassin de l'Amazone. Alors qu'il naviguait sur la rivière Juruá, il a rencontré un groupe d'indigènes peu amicaux, connus sous le nom de « Jivaros », qui l'ont attaqué. M. Crevaux a été grièvement blessé et est mort peu de temps après. Ses compagnons d'expédition ont réussi à s'échapper et à retourner en France pour rapporter la nouvelle de son décès. La mort de ce grand homme est un choc pour la communauté scientifique française et suscite une grande émotion. Sa carrière prometteuse d'explorateur et de médecin a été brutalement interrompue, mais son travail a contribué à une meilleure compréhension de la géographie et de la culture des régions amazoniennes. »

Quant à moi, j'étais à Paris avec Éloïse et poursuivais mon étonnante destinée. Le cours de l'Histoire a changé dans les années qui ont suivi. Il y a eu de nombreuses avancées scientifiques, techniques et technologiques. Le progrès était en marche. Les premières voitures apparaissaient, l'imprimerie battait son plein et surtout, à Paris, l'électricité remplaçait les réverbères à gaz. Des expositions se multipliaient, des machines d'un nouveau genre révolutionnaient le monde du travail et la vie quotidienne. Tout s'affolait, tout allait de plus en plus vite.

Éloïse et moi étions les témoins de ces avancées et notre confort intérieur s'améliorait. Nous avons fait l'acquisition de nouveaux objets, de nouveaux équipements pour notre logement. Nous aimions la frénésie qui animait la capitale même si les bruits des machines et des véhicules devenaient de plus en plus incommodants. Nous étions cependant contents de profiter du métropolitain pour nos déplacements à travers la ville. On a vu apparaître la Tour Eiffel, sujet de tous les scandales. Paris changeait de visage, nous entrions dans l'air du XXème siècle qui paraissait un tournant décisif, extrêmement prometteur pour l'avenir de l'humanité, de la France et du reste du monde.

Pendant ce temps-là, notre couple avançait dans la durée. Éloïse changeait. Elle avait vieilli alors que moi, je n'avais pas pris une ride et tous mes amis et tout mon entourage me demandaient quel était mon âge, ahuris et atterrés. Tout le monde se posait des questions. Je m'en rendais compte derrière les regards étonnés et aux détours des conversations. En 1905, j'avais alors cinquante-neuf ans. Or, je n'en paraissais que trente-cinq ! Ma femme avait quelques problèmes de santé. Son cœur se fatiguait. Elle avait aussi de plus en plus de mal à marcher.

Mon ami Jules Crevaux était mort depuis un moment mais une idée me taraudait jour et nuit : je devais récupérer son journal et surtout son herbier qu'il avait constitué lors de notre première expédition. Ces documents et l'échantillon se trouvaient en possession du ministère des Affaires étrangères dans les archives. Heureusement, grâce à Éloïse et à ses relations, j'avais de nombreux contacts dans différents ministères. J'avais alors le grade de sous-préfet. Le temps de mes fonctions touchait toutefois à sa fin. Je devais prendre ma retraite. Il fallait donc faire vite.

J'étais obsédé par l'idée de prendre possession de ce document mais une question se posait: comment allais-je faire, une fois détenteur de ces échantillons ? Je me disais que cela m'éclairerait sur ce qu'on m'avait administré, que cela lèverait le mystère sur mon inexplicable jeunesse. Mais comment?

Contrairement à Éloïse, comme je l'ai dit, je ne subissais aucune dégradation de ma santé. J'étais capable de faire du sport, de courir, de pratiquer l'escrime. C'était impressionnant mais tout cela commençait à se faire remarquer, les rumeurs enflaient et l'on disait que je n'étais pas « normal », une véritable exception, sinon un cas d'école. Mon médecin, qui m'examinait régulièrement, évoquait souvent mon exemple à ses confrères qui tenaient à leur tour à m'inspecter. Ils désiraient étudier ce phénomène hors norme, ce patient inédit dans l'histoire de la médecine.

Alors que je consultais mon docteur pour un inconfort intestinal, un de ses collègues se trouvait dans son cabinet et m'a posé beaucoup de questions dérangeantes : il voulait notamment connaître mon régime alimentaire et recueillir beaucoup de données personnelles sur mon hygiène de vie. Il souhaitait me faire faire une prise de sang et m'emmener à la Faculté de Médecine pour expliquer mon parcours et mon hérédité.

Je suis sorti du cabinet médical et me suis dit que je n'y retournerai plus. Je devais vivre en toute discrétion, fuir les examens indélicats et indiscrets. La science semblait une menace pour moi car j'étais un cas clinique digne d'intérêt et propre aux expériences.

Eloïse était heureuse de me voir si plein de vitalité, si inchangé mais elle m'a avoué un soir que c'était tout de même surprenant, étrange et terrifiant. Elle m'a dit qu'elle allait mourir avant moi ce qui m'a profondément ému. Je lui ai répondu que je m'occuperai de notre fils et de notre fille et que de toute façon j'avais l'âge de mes artères, rien n'était vraiment sûr. Cela l'a consolée mais je voyais bien que quelque chose ne tournait pas rond et que ma condition commençait à poser bien des problèmes. La question de ma mort se posait en ces termes : quand arriverait-elle et arriverait-elle un jour ? Vieillirais-je subitement et inéluctablement ?

Un matin, alors que je buvais tranquillement un thé en lisant le journal, un homme m'a abordé à la terrasse d'un café. Il s'est présenté comme un ingénieur. Il m'a dit que je pourrais tirer un immense bénéfice si j'acceptais de raconter ma vie dans les moindres détails. Il m'a demandé mon âge. J'ai compris que ce monsieur était un acolyte de ces médecins-chercheurs qui me prenaient pour un spécimen de laboratoire.

J'ai décidé, après cette conversation, d'éviter les sorties pendant un certain temps. J'envoyais mes domestiques faire mes courses et régler toutes mes affaires à ma place, par procuration.

Sur mon lieu de travail, on commençait à jaser : tous mes collègues s'autorisaient des plaisanteries sur ma condition physique, mon « âge sans âge »comme ils le désignaient. Ils renchérissaient en affirmant que j'avais trouvé le secret de la jeunesse éternelle, que j'avais trouvé le secret de la pierre philosophale où que j'étais « monsieur de Jouvence ».

Ils me demandaient tous les matins avec ironie : « Alors, Le Buec, bon pied, bon œil ? Vous avez encore une mine splendide aujourd'hui ! Quel est votre secret ? Êtes-vous un adepte du régime crétois ? Donnez-nous des pistes ! »

Ce « partage » me paraissait dangereux: certains voulaient faire de moi un véritable cobaye ou une bête de foire.

Je n'ai jamais dit à personne, pas même à Éloïse que j'avais bu un breuvage très spécial dans la forêt amazonienne.

Tout ceci est devenu pesant, trop pesant. Une fois, un journaliste m'a pris en photo devant chez moi et il a rédigé et fait paraître un article dans une gazette pour montrer que j'étais un être unique en son genre, un phénomène. Je soupçonne certains amis d'être à l'origine de cela.

Je suis devenu, au fil des années, de plus en plus renfermé. Éloïse le constatait et me demandait quelle en était la cause. Elle ne savait pas du tout ce qui se passait, tout ce qu'on disait à mon sujet. Je gardais beaucoup de choses pour moi. Mes sorties étaient très espacées.

Des années plus tard, en 1913 exactement, alors que j'avais atteint l'âge de 67 ans et que je ne présentais aucun signe de vieillissement (mes cheveux n'avaient pas blanchi et j'avais la force d'un trentenaire), les choses se sont considérablement dégradées et j'ai dû faire face à de nombreux problèmes. Éloïse était en très mauvaise santé ; ses forces diminuaient et une pneumonie a fini par la clouer au lit et avoir raison d'elle.

J'avais cessé mon activité professionnelle, j'étais désormais en retraite. Mon épouse m'a demandé, alors qu'il ne lui restait plus longtemps à vivre : « Il serait peut-être temps de me révéler ton secret Evan. De quel bois es- tu fait ? Tu m'as caché certaines choses. Tu n'es pas comme le commun des mortels. Est-ce que cela a un rapport avec ton voyage en Amazonie ? » m'a-t-elle demandé avec perspicacité.

Eloïse vivait ses derniers instants, d'après les médecins. Je lui ai finalement révélé mon secret sur son lit de mort. Elle m'a

alors fait les recommandations suivantes :
« Evan, prends soin de nos enfants jusqu'à la
fin de leur vie. Fais aussi attention à toi ne te
mets pas en danger. Si j'étais toi, j'essaierai de
trouver une solution. Et... ». Elle n'a pas pu
achever sa phrase. Elle a rendu son dernier
souffle. J'avais eu le temps cependant de lui
dire que je l'aimais et que je respecterais ses
moindres volontés.

J'ai averti nos enfants que c'était la fin
pour leur mère. Ils étaient inconsolables. Je
leur ai promis que je les soutiendrai.

Les obsèques de ma femme ont eu lieu
quelques jours plus tard. J'ai hérité de la
fortune d'Éloïse et j'en ai donné une partie à
mes enfants qui commençaient leur vie
d'adulte. Mon fils était ingénieur et ma fille avait
fait un beau mariage qui lui permettait de se
consacrer à ses nombreuses passions et à ses
bénévolats.

En sortant de chez le notaire, qui avait réglé la succession de mon épouse au patrimoine important, la police m'arrêta sans me donner d'explication. Des agents m'ont emmené au commissariat, assistés de quelques inspecteurs et m'ont enfermé dans une pièce pour me faire passer un interrogatoire approfondi que je vous rapporte partiellement ici.

Un commissaire, du nom de Morin, a ouvert l'entretien en me demandant de rappeler mon identité et ma situation. Je ne comprenais pas ce que l'on me reprochait.

« Ne vous étonnez pas, certains sujets ont besoin d'être éclaircis », m'a expliqué calmement le chef de la police.

« Qu'avez-vous fait en 1880 ? Rappelez-moi ce passage de votre vie. »

Je lui ai donc résumé cette période de mon existence puis le commissaire a enchaîné:

« Que faisiez-vous la nuit du 31 décembre au 1er janvier 1905 ? »

« Comment voulez-vous que je m'en rappelle ? Cela fait plusieurs années... Je devais certainement fêter la nouvelle année en famille.

- Quelqu'un pourrait-il en témoigner ?

- Mes enfants le pourraient et quelques amis.

- Avez-vous travaillé au ministère des Affaires étrangères et maritimes ?

- Oui, ai-je dit laconiquement

- Je vais aller droit au fait, monsieur Le Buec : nous savons que vous avez utilisé vos relations pour récupérer des documents confidentiels, propriétés de l'État français, des documents scientifiques, géographiques et médicaux. Ils sont classés secret-défense.

- Je n'ai jamais cambriolé le ministère. J'en aurais été incapable. Je suis intègre, vous savez.

- Je ne vois pas les choses ainsi. Vous avez déjà eu le goût pour l'aventure et avez fait preuve d'audace en parcourant la Guyane. Les hommes comme vous ne reculent devant rien...

- Je reconnais que j'ai essayé de récupérer des documents ayant appartenu à mon ami Jules Crevaux mais je n'y suis jamais parvenu et on m'a dit qu'ils étaient dans un coffre, bien protégés d'éventuels vols. Mon compagnon de voyage tenait à ce que je les consulte.

- Pourquoi avez-vous tenté de vous emparer du journal de votre ami ?

- Comme je vous l'ai dit, Crevaux était mon ami et il avait consigné notre histoire commune. Ces documents avaient une valeur mémorielle, quasi sentimentale. Les documents que je voulais n'avaient d'ailleurs pas grande valeur, contrairement à leur classification, car ils racontaient essentiellement notre expédition. Ceux-ci m'appartiennent en quelque sorte car j'y suis mentionné et mon ami Jules m'avait bien dit de son vivant qu'il me les ferait lire.

- Je ne suis toujours pas d'accord avec votre vision des choses. Ces archives relèvent d'un patrimoine et non d'un intérêt purement personnel. Sachez qu'il y a des échantillons de recherches. Vous le savez. Des experts m'ont renseigné. Ils ont une valeur scientifique indéniable. Vous êtes un intrigant, Monsieur. Malheureusement, ces biens de l'Etat sont aujourd'hui introuvables. Il y a forcément un ou des coupables. Nous devons enquêter.

- Mais puisque je vous dis que j'ai vite capitulé en sachant où se trouvaient les archives ! Je les savais très bien gardées. Je savais qu'il fallait plusieurs clés pour ouvrir le coffre blindé et qu'il existait plusieurs gardiens officiels, ayant chacun un passe.

- Monsieur Le Buec, je vous prie de rester à la disposition de la Police en attendant que l'on éclaircisse tout cela et qu'on dévoile la vérité à ce sujet. On vous contactera. Désormais, vous avez interdiction de quitter le territoire français.

Deux jours plus tard, alors que je revenais de chez un ami, j'ai vu au bas de l'hôtel particulier où j'habitais, des policiers sortir du rez-de-chaussée de chez moi. Il y régnait une grande confusion, je dois dire, car des passants assistaient à un triste et scandaleux spectacle. Deux de mes domestiques vociféraient, jetaient des éclats de voix qui ameutaient tout le quartier.

Je me suis approché sans réaliser ce qui se passait et j'ai demandé à Jean, mon domestique :

« Que se passe-t-il ? Pourquoi tout ce remue-ménage?

- Ces messieurs de la police ont mis sens dessus dessous toutes vos affaires. La maison est dans un bel état ! Je leur ai dit de ne rien casser mais ce sont de vrais sagouins, de vrais sauvages qui ne respectent rien. Cela fait deux heures que des inspecteurs, aidés de leurs hommes, fouillent votre propriété de fond en comble ! Que pensent-ils trouver ici ? Je sais que vous êtes intègre. Je ne comprends rien, expliquez-moi... »

Il n'a pas eu le temps d'achever sa phrase. Il venait d'être bousculé par un des agents de police.

« Vous pourriez demander pardon ! En voilà des façons ! »

Mon domestique a poursuivi ses explications :

« Les fonctionnaires de police emportaient des cartons et des malles remplies d'affaires. Je leur ai aussitôt demandé ce qu'ils emmenaient. Ils m'ont répondu qu'ils agissaient sur ordre du commissaire. »

J'ai pénétré dans l'immeuble et j'ai marché sur des éclats de verre qui provenaient de je ne sais où. Des débris de porcelaine jonchaient également le sol. J'ai reconnu un des morceaux comme appartenant au vase du premier étage qui se trouvait sur une des commodes du salon. Celui-ci avait une grande valeur.

Je suis monté à l'étage et ce que j'ai découvert m'a révolté. Mon sang n'a fait qu'un tour : toutes mes affaires personnelles, c'est-à-dire mes livres, mes vêtements, mes objets fétiches, tout était jeté pêle-mêle; il régnait une véritable anarchie. Le logement apparaissait comme un véritable capharnaüm, un charivari. J'ai même vu que des tableaux avaient été décrochés des murs. Certains étaient couchés à même le sol, d'autres gisaient sur des chaises. Les tiroirs de mon bureau avaient été renversés, retournés et bien sûr vidés de leur contenu. Je suis devenu rouge de colère en voyant ce triste spectacle et je me suis mis à hurler contre l'un des inspecteurs:

« Voilà comment on traite les citoyens honnêtes dans ce pays ! Vous êtes pire que les bandits que vous pourchassez et que vous arrêtez. Comment osez-vous ! Sortez de chez moi !

- Monsieur, nous faisons notre travail. Vous êtes un suspect. Nous n'avons pas d'égards à avoir envers vous. Tout ceci répond aux besoins de l'enquête. De toute façon, nous avons terminé.

- Qui va nettoyer tout cela ? Vous entendrez parler de moi. J'ai des connaissances à la préfecture.

- Vous n'avez plus d'amis, monsieur Le Buec. Demain, toute la presse sera au courant. Votre réputation est perdue.

Je l'ai suivi jusqu'en bas et j'ai continué à lui faire des reproches.

Sur le trottoir en face de l'immeuble, j'ai vu un journaliste prendre une photo. L'inspecteur avait dit vrai. J'étais compromis. Je serai couvert de honte dès le lendemain. Je suis ensuite rentré et mes domestiques se sont mis à l'œuvre pour tout remettre en ordre. Le rangement et le nettoyage ont duré jusqu'à minuit. Mes employés ont accepté de travailler fort tard, ayant pitié de ma misérable condition.

Le surlendemain, le réveil a été difficile. Jeanne, la jeune domestique, m'a apporté le journal en tonitruant et voici ce que j'ai pu lire, résumé bien entendu, sur la Une de La Gazette avec le gros titre suivant :

« *Perquisition fracassante chez Monsieur Le Buec, ancien sous-préfet.* »

Hier, rue Lafayette, l'hôtel particulier du sous-préfet a été perquisitionné par une dizaine de policiers en présence du commissaire Morin et de Monsieur Evan Le Buec, soupçonné, selon nos sources, d'avoir dérobé des documents étatiques de la plus haute importance au ministère des affaires étrangères. Ces pièces officielles se trouveraient à son domicile. Elles comporteraient des informations classifiées.

La police a emporté beaucoup de correspondances, de feuillets appartenant à Monsieur Le Buec. Ce dernier n'a opposé aucune résistance. L'enquête suit son cours sur ce fonctionnaire qui n'a jamais commis aucun délit. Le commissaire a déclaré à la presse que de forts soupçons pesaient sur cet agent de l'Etat.

Les prochaines semaines feront toute la lumière sur la culpabilité éventuelle de Monsieur Le Buec. Il a désormais interdiction de quitter le territoire. Il risque un procès et de la prison s'il venait à s'avérer qu'il a eu des liens avec la disparition de ces documents officiels. Son avenir semble tout à fait compromis. »

Je suis tombé des nues. Mon image avait du plomb dans l'aile. Qu'allaient penser mes voisins et amis ? Une angoisse m'envahissait et mon cœur tressautait dans ma poitrine.

Dans les semaines qui ont suivi, mes connaissances m'ont interrogé sur ma situation. Je sentais dans leurs regards et dans leurs attitudes, une froideur pleine de suspicion.

Puis je n'ai plus vu personne. Seuls mes domestiques fidèles continuaient à me parler et à s'occuper de la maison comme si rien ne s'était passé mais je sentais une inquiétude dans leur conversation. Je savais qu'ils se posaient bien des questions sur mon devenir et le leur : perdraient-ils leur place ?

Deux mois après, en janvier 1914, j'ai reçu une convocation de la police par la poste. Je devais me rendre au commissariat trois jours plus tard.

J'y suis donc allé avec la plus grande inquiétude. J'ai emmené avec moi un bagage contenant quelques effets personnels au cas où on déciderait de me conduire aux arrêts.

À l'intérieur du commissariat, un inspecteur, que je n'avais vu que pendant la perquisition, m'a conduit tout droit au bureau de son supérieur, chez Monsieur Morin.

Je me suis assis en face de ce dernier et la discussion suivante a commencé :

« Monsieur Le Buec, nous avons fouillé et examiné tous vos documents et affaires personnelles. Je dois vous dire tout de suite que nous n'avons pas trouvé d'indices, de preuves de votre culpabilité de ce côté-là mais... »

Mon souffle s'est arrêté net, puis il a repris :

« Mais un certain Monsieur Delval, travaillant au ministère des affaires étrangères, est venu nous expliquer que vous auriez une sorte de secret de Jouvence. Je dois dire que j'ai été surpris en voyant votre âge sur mes fiches et votre physique. Il y a quelque chose de troublant. Son explication m'a paru très extravagante, somme toute.

Cependant, ce monsieur Delval m'a dit que vous aviez certainement caché le document officiel de l'expédition entreprise par Jules Crevaux. Il m'a assuré que vous aviez émis le souhait de le récupérer. D'ailleurs, vous m'avez déclaré que ce journal vous intéressait lors de notre première convocation. Soyez honnête, où l'avez-vous caché monsieur Le Buec ? Il ne sert à rien de nous le dissimuler. Nous trouverons la vérité, tôt ou tard.

Sa voix et son visage traduisaient la plus haute sévérité et fermeté.

« Répondez à ma question où nous vous ferons passer à la lessiveuse en employant certaines méthodes très efficaces. »

Il a répété avec insistance : « Où est ce document ? Dites-le nous et vous n'aurez plus d'ennuis, juste une amende. Je vous le certifie.

Nous étoufferons l'affaire et nous dirons que vous avez commis une faute professionnelle. Nous vous éviterons ainsi la prison. Nous avons eu accès à votre coffre à la banque mais nous n'avons rien découvert à part de l'argent, des bijoux, des lettres et des souvenirs de famille. »

Il a répété une troisième fois : « Où l'avez-vous dissimulé ? Je vous garantis qu'on finira bien par le savoir. Si vous ne parlez pas, je... »

Un inspecteur est alors entré dans le bureau après avoir frappé à la porte et a murmuré quelque chose à l'oreille de son supérieur qui a eu l'air surpris.

Celui-ci m'a regardé et m'a dit :

« Restons-en là pour l'instant car une affaire urgente m'appelle. Je vous prie de rester joignable et de rester à la disposition de nos services. Nous finirons bien par régler le problème de cette disparition. Je vous dis au revoir. En attendant, je vous ai à l'œil. »

Je suis donc rentré chez moi mais en chemin je suis tombé sur un curieux personnage. Il m'a abordé à une station de tramway. Voici ce qu'il m'a dit :

« Monsieur Le Buec, bonjour. Nous ne nous connaissons pas mais j'appartiens au service du renseignement. Je suis un ancien scientifique. Je sais de quel endroit vous sortez. Vous étiez chez le commissaire Morin qui vous a interrogé sur la disparition du journal de bord de Jules Crevaux."

Surpris et choqué, je lui ai lancé : « Qui êtes-vous ? Comment osez-vous ? Mêlez-vous de ce qui vous regarde, ne m'adressez pas la parole !

- Si, justement, car vous avez quelque chose de précieux qui appartient à l'État et qui a une grande valeur. Je vais tout droit au but :

vous devez me rendre ce document et je parlerai au commissaire. Ainsi, vous serez tranquille à tout jamais. Monsieur Le Buec, savez-vous que vous êtes le témoin, la preuve vivante d'une trouvaille inestimable pour l'humanité ? On a déjà dû vous le dire : vous êtes un être exceptionnel !

- Stoppez là votre discours, scélérat ! Laissez-moi en paix et partez !

- Pas si vite, monsieur Le Buec, nous savons où vous habitez. Je vous conseille de m'obéir et de me donner le journal de l'aventurier Jules Crevaux. Vous ne pouvez et n'avez pas les moyens de refuser. »

Il a mis sa main dans sa poche et a sorti, dissimulé par la longue manche de son pardessus, un révolver. J'ai senti le contact du calibre sur mon abdomen. L'agent m'a ordonné:

« Obéissez et vous aurez la vie sauve. Allons chez vous ou ailleurs récupérer le livre. Il nous le faut maintenant ! »

Je me suis plié à sa volonté car je n'avais pas d'autre choix. Nous avons marché en direction de mon domicile et avons traversé une place sur laquelle se tenait un marché. J'ai eu la présence d'esprit de profiter de la foule pour faire faux bond à ce meurtrier en puissance.

J'ai détourné son attention en pointant du doigt des objets sur un étal. J'ai pris une légère distance par rapport à lui et je me suis mis à courir comme un furibond ou comme un aliéné en pleine crise de démence. J'ai zigzagué parmi les passants. J'ai emprunté des rues perpendiculaires ou parallèles et je me suis caché dans le hall d'un immeuble. Je me suis ensuite dirigé vers les caves d'un bâtiment où j'ai attendu trois quarts d'heure, complètement trempé de sueur. J'ai patienté pour que tout danger soit écarté. Je suis sorti de ma cachette au bout d'un long moment et me suis éloigné le plus possible du centre-ville.

J'ai réalisé que je ne pourrais plus regagner mon domicile. J'étais un homme traqué, visé par un groupe qui m'en voulait et mettrait tout en œuvre pour me retrouver.

Des jours et des nuits d'errance ont alors commencé pour moi. Cela a été une période très difficile de mon existence. Heureusement, j'avais de l'argent dans mon portefeuille, ce qui me permettait de tenir bon pour échapper à mes prédateurs. J'ai pris conscience de l'intérêt majeur du journal de Jules Crevaux, mon ami aujourd'hui décédé. Des souvenirs de notre expédition me sont revenus en mémoire, notamment le jour où j'ai bu le breuvage de l'Indien et celui où Jules m'a dit qu'il avait pu noter les ingrédients de sa recette mystérieuse.

Je n'ai hélas pas tenu longtemps avec la somme que je détenais. J'ai été obligé de chercher de petits emplois afin de pouvoir me nourrir et de me payer des hôtels souvent miteux. J'ai ainsi exercé les professions de manutentionnaire ou d'ouvrier. Je vivais en pleine clandestinité. Je percevais des salaires modestes à la journée.

Je me suis progressivement éloigné de Paris pour deux raisons aisément compréhensibles : fuir mes ennemis et occuper des emplois impossibles à trouver en pleine ville. Cependant, mes enfants me manquaient terriblement.

Un jour, j'ai demandé à un agriculteur de travailler dans sa ferme en Normandie. J'avais parcouru beaucoup de chemin. J'y ai passé de nombreux mois. Le paysan ne m'a jamais posé de questions sur mes origines ni sur mon passé. Je me faisais appeler Jacques Delange.

Sur de faux papiers, il était inscrit que j'avais 25 ans. J'avais réussi à trouver un homme qui fabriquait de faux documents officiels au cours de mes pérégrinations, ce qui a été pour moi un moyen très sûr de me protéger des agents qui me recherchaient.

En août 1914, j'ai appris, en lisant un journal qui se trouvait sur une table dans le jardin de la ferme, que la guerre venait d'être déclarée avec l'Allemagne. J'en ai parlé à mon employeur qui m'a dit qu'à la campagne on ne craignait rien. Pourtant, un nouveau malheur est arrivé à la fin du mois de la même année : mon patron m'avait demandé d'aller porter des fruits et légumes dans la ville de Caen, chez un restaurateur qu'il connaissait. J'ai donc pris la route en direction de cette ville où j'ai remis ma livraison. Je me suis dit que je pouvais me promener un peu au sein de la cité pour profiter et aller voir quelques monuments dont la fameuse cathédrale. Je flânais sur une place lorsque j'ai aperçu un attroupement d'hommes, de policiers et de militaires, de différents âges regroupés autour de tables disposées dans la rue. Il s'agissait d'un bureau de mobilisation, de recrutement pour partir à la guerre contre l'ennemi allemand.

J'ai compris assez vite ce qui se passait mais je n'ai cependant pas eu le temps d'échapper à trois policiers qui m'ont encerclé et m'ont demandé mes papiers d'identité- qui étaient faux en réalité. Je les leur ai présentés, l'air contrit. Ils les ont regardés, m'ont questionné rapidement sur mon âge, mon lieu de résidence et m'ont intimé l'ordre d'aller m'inscrire sur les listes de recrutement. Il s'agissait d'une mobilisation générale. Je ne pouvais m'y soustraire. Mon nom a été ajouté aux autres patronymes et des militaires nous ont demandé de les suivre jusqu'à la caserne où de nombreux hommes tels que moi, tout aussi jeunes, s'enthousiasmaient à l'idée d'aller se battre.

Dans cette caserne, on nous a donné des consignes, nous sommes passés devant un médecin et on nous a donné une tenue composée d'un pantalon rouge et d'une veste bleue. Nous sommes ensuite allés à la gare, nous avons traversé la France par l'Est et je me suis retrouvé dans les Ardennes après une rapide préparation militaire.

Chapitre 3

« À trois, on y va ! » a lancé le lieutenant-colonel après son coup de sifflet. Nous nous sommes précipités après ce signal vers une ligne ennemie. Il y avait beaucoup de brouillard. On ne voyait rien à vingt mètres. Nous avons couru à l'aveugle droit devant nous. Des balles ont fusé et éclaté de toutes parts dans la boue. Des mottes de terre se soulevaient et voltigeaient.

De multiples camarades sont tombés devant moi. J'ai trébuché sur le corps de l'un d'eux et j'ai hésité à me relever car il pleuvait littéralement des projectiles. L'air en était traversé en tout lieu. À chaque instant, à chaque seconde. J'ai ensuite entendu des bruits ou plutôt des fracas sourds qui faisaient trembler la terre. Les Allemands venaient d'activer des mortiers et des canons.

J'ai fini par me relever et j'ai couru en zigzaguant, la baïonnette à la main. Mes jambes tremblaient à cause de la peur. J'étais fragile comme un brin de paille.

Un obus est tombé quelque part près de moi ; j'ai alors reçu une gifle de terre mêlée de boue en plein visage ainsi qu'un éclat brûlant sur ma joue gauche. Je me suis arrêté net. J'avais l'impression que ma peau venait d'être marquée au fer rouge. Une intense brûlure me cuisait la chair. J'ai porté ma main à mon visage machinalement. Du sang maculait mes doigts. J'avais une blessure sous l'œil gauche. Celui-ci se fermait sous l'effet de la douleur. C'est alors qu'un homme en uniforme gris s'est avancé vers moi, une baïonnette tendue droite comme un pic. J'ai pris mon fusil Lebel sans vraiment viser car tout s'est passé très vite. J'ai tiré dans sa direction. L'Allemand est tombé à la renverse, comme le pion d'un jeu d'échecs. Il geignait à terre. Je me suis approché de lui. J'ai lu une véritable terreur dans son regard et je l'ai dévisagé pour me rendre compte que je venais de le blesser grièvement. Agenouillé tout contre lui, il m'a saisi le visage en appuyant avec ses ongles dans ma chair à l'endroit où j'avais une blessure d'obus. Je me suis mis à hurler. Il continuait à me serrer de plus en plus fort. Il a placé ses pouces dans mes yeux et a commencé à presser de toutes ses forces ; j'ai alors eu un réflexe de survie. C'était lui ou moi. J'ai mis mes mains autour de son cou. J'ai appuyé très fort sur sa glotte. Je me suis exécuté en pleurant de désespoir, de colère et de fureur. Je venais de tuer pour la première fois.

L'Homme est transfiguré par la guerre. Il devient un fauve, une bête féroce prête à tout pour sa survie. Seul son instinct agit, utilisant des moyens peu avouables.

Ensuite, je suis revenu vers l'arrière. J'ai marché au milieu d'un véritable cimetière et d'un chaos extrêmement choquant : il y avait des trous d'obus profonds de deux mètres ou plus, des corps mutilés amassés pêle-mêle, de la ferraille déchiquetée, bref, un vrai véritable no man's land.

Notre base était remplie de blessés qui gémissaient en émettant de longs râles interminables. J'ai appris que plusieurs escouades avaient réussi à repousser les Allemands dans leurs tranchées mais nous avions subi énormément de pertes.

Le 10 août, un des officiers est venu me voir et m'a annoncé que certains seraient envoyés à Mulhouse, ville occupée par les Allemands.

Je me trouvais aux abords de cette ville française quelques jours plus tard. La bataille qui a eu lieu là-bas a été un échec notable. Nous n'avons pas pu reprendre cette ville. Je n'en donnerai pas de détails ici. Je vais évoquer plutôt une autre bataille au cours de laquelle mes nerfs, ma sensibilité ont été mis à plus rude épreuve encore. J'ai d'ailleurs eu l'occasion de faire une autre découverte étrange sur moi-même pendant cet épisode.

Comme certains soldats, j'ai été déplacé vers d'autres lignes ennemies car on avait jugé que j'avais des ressources et des aptitudes au combat très satisfaisantes. Je pouvais être un précieux renfort. Toutes les forces vives étaient concentrées vers les points stratégiques. J'ai donc été envoyé au début du mois d'octobre en Belgique. Des soldats britanniques se trouvaient également sur place. Nous allions vivre un épisode des plus épiques et des plus mortels au printemps 1915.

Les tranchées qui entouraient la ville d'Ypres étaient le théâtre d'une bataille féroce et acharnée entre les forces alliées et allemandes. Les deux camps cherchaient à percer les lignes ennemies en recourant à tous les moyens imaginables et essayaient d'avancer leurs positions vers la mer du Nord.

Un matin, l'air était lourd alors que nous attendions dans les tranchées boueuses. Nous étions tous plus ou moins des victimes affaiblies par de très mauvaises conditions d'hygiène et des nuits sans sommeil.

Un sifflement a soudain retenti, suivi par le passage dans le ciel d'un nuage jaunâtre qui s'échappait des tranchées ennemies. Nous regardions attentivement cette masse nuageuse qui avançait lentement dans notre direction et nous n'avons pas tout de suite compris sa teneur et la menace qu'elle représentait. Les Allemands utilisaient pour la première fois une arme de destruction à grande échelle profondément sournoise et honteuse.

Mes compagnons et moi avons quand même avancé dans le no Man's land sans réelle protection. Ces soldats pensaient que de nouveaux obus et mortiers étaient utilisés, d'où la présence de ce nuage jaune. Il se déplaçait dans notre direction et n'était peut-être que l'émanation d'obus de nouvelle génération, sans plus. Nous avons donc continué sans nous douter de ce que ces bombes nous réservaient.

La masse nuageuse jaunâtre stagnait au-dessus de nos têtes puis, finalement, s'est affaissée jusqu'au sol. J'ai entendu des hommes tousser fortement. L'air avait l'odeur et la consistance du soufre. Des éternuements, des toux violentes et irrépressibles se faisaient entendre en cascades parmi les hommes. Certains d'entre eux sont tombés à terre avec des cris étouffés. Leurs visages devenaient rouges et ils se frappaient en tambourinant avec leurs mains sur leurs poitrines. Ils suffoquaient. Quelques-uns ont réussi à rebrousser chemin à temps tout en vomissant. L'atmosphère était emplie de terreur et de désespoir face à cette arme inconnue. Les nappes très denses d'un brouillard artificiel noyaient nos têtes casquées.

J'ai pénétré dans ce nuage toxique en ne ressentant qu'un picotement dans la gorge. Il est vrai que mes poumons me brûlaient un peu mais j'étais plutôt immunisé contre cela. Étrange force que m'avait conférée le breuvage amazonien. Des tirs de mitrailleuses ont retenti et ont fini le travail abominable de tuerie, de massacre de masse.

Pris d'une compassion profonde - moi qui ne semblais plus rien redouter - je m'approchais de certains blessés qui gisaient à terre. Je cherchais à les aider mais je me sentais impuissant. L'un d'entre eux, que j'ai reconnu immédiatement, - un type qui s'appelait Henri - avait deux blessures. Il hurlait en appelant sa mère. J'ai vu en soulevant un pan de sa chemise qu'il avait une plaie au ventre et une autre au bras droit. Je me suis accroupi à côté de lui et j'ai machinalement mis mes deux mains sur son ventre. J'ai d'abord ressenti au bout d'une minute une chaleur intense dans le creux de mes paumes. Henri a alors cessé de crier au bout de quelques minutes. Des larmes s'écoulaient sur son visage. Il m'a regardé fixement en paraissant ébahi. Le sang qui s'échappait de sa blessure s'était stoppé net. Je laissais mes mains encore dix minutes et Henri m'a demandé:« Qui es-tu au juste ? Qu'as-tu fait ? Je ne sens plus rien ! »

Il a soulevé sa chemise et a regardé sa blessure. Celle-ci semblait s'être refermée.

« Tu es un sorcier, un magicien ! » s'est-il exclamé.

J'ai regardé son bras droit et on s'est compris d'un seul regard. J'ai mis mes mains sur son membre ensanglanté. La même sensation de chaleur m'a envahi. Au bout de dix minutes, il m'a arrêté en me faisant remarquer: « Je ne sais pas quel est ton pouvoir mais il y a d'autres gens à soigner ici, dépêche-toi ! »

Une grande fatigue s'est emparée de moi suite à cet exploit miraculeux dépassant l'entendement. Je suis allé, une fois que la plupart des mitrailleuses ont cessé leurs rafales, vers deux autres hommes à qui j'ai prodigué des soins. Mais je suis arrivé trop tard pour l'un d'entre eux car il a rendu l'âme dès ma première tentative.

L'autre soldat a eu les mêmes réactions que le premier que j'avais soigné. Il m'a remercié vivement. Ces miraculés sont retournés avec moi à l'arrière, dans la tranchée, et une fois à l'abri, je me suis allongé, exténué. J'étais complètement vidé de toute énergie. À mon réveil, - je ne sais combien de temps j'avais dormi - des hommes se tenaient autour de moi, formant un cercle. Deux officiers ont donné l'ordre de m'apporter à boire et de me remettre sur pieds. Lorsque j'ai recouvré mes capacités, un sergent est venu me voir en m'informant que des hauts gradés voulaient s'entretenir avec moi. Je me suis donc rendu dans la casemate de l'Etat-Major. À l'intérieur de celle-ci, deux colonels, un lieutenant-colonel, un simple lieutenant et un général. Leurs visages exprimaient de la gravité.

Le plus haut gradé a pris la parole après m'avoir désigné un siège en face des officiers. Une grande table nous séparait :

Le général a dit :

« D'après les hommes qui ont combattu avec vous, certains affirment que vous les avez soignés -d'une façon que j'ai du mal à croire, pour être tout à fait franc avec vous- en apposant les mains sur leurs blessures. Je sais, par ailleurs, que ce conflit tourne quelque peu la tête à certains soldats. Je veux éclaircir cette histoire fantaisiste qui suscite bien des rumeurs et commérages au sein de notre division. J'aimerais avoir votre version des faits: que pouvez-vous me dire à ce sujet ?

- À vrai dire, je ne me souviens pas avoir fait cela, mon général. Je me souviens simplement que lorsque j'étais en contact avec certains, ils m'ont remercié mais je ne comprends toujours pas pourquoi. Mes souvenirs sont confus et très partiels. Je me souviens d'un nuage toxique qui s'est abattu sur nous. Il y avait beaucoup d'hommes à terre. Je ne suis pas capable de vous fournir plus de détails. »

Le général a alors laissé la parole au colonel :

« Nous allons faire rentrer ici de prétendus miraculés, c'est-à-dire les deux soldats que vous auriez guéris. Faites-les entrer, sergent et écoutons leur témoignage. »

Ceux-ci ont pénétré dans la casemate au bout d'une minute. Le général leur a demandé : « Adjudants Durand et Raffard, reconnaissez-vous l'homme qui vous a sauvé du péril du feu pour vous épargner la mort ? »

L'adjudant Durand a répondu :

« Oui, il s'agit bien du sergent-chef Delange. C'est bien lui, à n'en pas douter, mon général.

- Expliquez-moi ce qui s'est passé. Cela fera peut-être revenir la mémoire au sergent-chef Delange. »

L'autre adjudant a alors décrit toute la scène. Je n'avais, quant à moi, vraiment aucun souvenir de tout cela. Le récit ne m'a pas aidé davantage. Il s'agissait d'un rêve et ce que l'on racontait me paraissait assez grotesque.

Un des colonels m'a demandé si je reconnaissais les faits.

« Je ne me souviens que très partiellement des choses, comme je vous l'ai dit. Je ne suis pas en mesure de vous confirmer cela.

- Nous avons fait examiner ces hommes par le soldat-médecin et il n'a vu que de minces éclats d'obus fichés dans leur peau, sans possible gravité, ce qui m'amène à vous dire, Delange, que vous avez déliré et que vous avez fait croire à ces hommes que vous les aviez sauvés de la mort alors qu'en réalité, ils n'étaient que légèrement blessés.

- Mais ces hommes reconnaissent qu'ils ont été touchés. Peuvent-ils confirmer qu'ils étaient à l'agonie ? »

Les adjudants ont répondu ceci :

« Nous ne pouvons rien affirmer. Nous avions très mal mais il est sûr que le sergent-chef nous a rapidement soulagés. »

Le lieutenant-colonel, qui n'avait pas parlé jusque-là, a posé la question suivante :

« Il s'agit sans doute d'un effet psychologique suite aux prétendues dispositions dont a fait preuve Delange. Apparemment, si vous voulez mon opinion, il s'est pris pour un gourou. On sait très bien que cette guerre met nos nerfs et nos esprits à rude épreuve. Tout ceci n'est que pure fable. Personne en ce beau monde n'a de telles capacités. N'est-ce pas ? Je mets en doute son état mental. »

Le général a alors demandé : « Sergent-chef, adjudant Durand et Raffard, pourriez-vous sortir cinq minutes ? Nous avons besoin de prendre une décision collégiale. »

Je suis sorti accompagné de mes deux camarades que j'avais prétendument sauvés.

Dehors, une conversation s'est engagée entre nous pendant que les hauts gradés délibéraient.

Mes compagnons m'ont dit avec chaleur: « Vous nous avez tirés du pétrin, Jacques; on vous sera reconnaissants à jamais. Tout le monde est au courant dans les régiments mais, malheureusement, nous ne pouvons pas reconnaître vraiment que vous nous avez sauvé la vie. Personne ne nous croirait et cela nuirait à nos faits d'armes.

- Je vous remercie. A priori, j'ai fait cela machinalement et spontanément d'après les récits que j'ai entendus mais tout est confus dans ma tête. Je n'arrive plus à discerner le vrai du faux. Vous étiez si mal que ça ? Sentiez-vous la mort s'emparer de vous, perdiez-vous vos derniers souffles de vie ? Rassurez-moi et dites-moi que c'est bien la réalité. Aurais-je eu un accès de folie ?

- Vous n'êtes pas fou. Vous avez eu un élan de compassion à notre égard. Tout le monde voit en vous un bienfaiteur, un philanthrope même si certains trouvent ça peu crédible, irrationnel. L'essentiel repose sur votre bonne volonté.

- Je me demande ce qui m'a piqué en faisant cela.

- Nous souffrions beaucoup et vous nous avez libérés de la douleur. Vous nous avez sauvé la vie. Peut-être était-ce la chaleur de vos mains. Vous avez sans doute un talent de guérisseur, de magnétiseur comme on en voit dans les villages d'où je viens » a dit Raffard.

« Il faut qu'on vous dise que les jeunes recrues ne veulent pas aller au combat après avoir appris vos exploits car cela a mis en évidence la situation terrible que nous vivons : nous risquons nos vies à chaque minute près des tranchées ennemies. »

Notre conversation a été interrompue par le lieutenant qui venait nous chercher pour retourner devant les hauts gradés.

Le général a déclaré solennellement devant nous tous :

« Vous avez semé le trouble au sein de notre bataillon, sergent-chef Delange. Votre conduite étrange n'est pas digne de la bonne tenue militaire. Cependant, nous vous mettons tout de suite à l'épreuve dans un souci de rationalité, d'objectivité et pour obtenir la preuve de votre défaillance mentale. Nous avons des blessés dans notre camp, quelques infirmiers s'en occupent mais ils sont souvent démunis par manque de matériel et de moyens. Nous vous proposons de leur prêter main forte sans jeu de mots. Nous souhaitons nous rendre compte de vos exploits par nous-mêmes. Venez avec nous dans les tentes où se trouvent les blessés les plus graves. »

Nous nous sommes donc rendus vers les abris médicaux de fortune et là, j'ai découvert toute l'ampleur de l'atrocité des combats et la grande désolation de laisser sa vie sur un champ de bataille à cause d'un jeu d'alliances et d'une situation historique qui avait mal tourné. Cela me paraissait absurde. Des soldats étaient étendus sur des civières ou sur des tables en bois qui faisaient office de lits de camp. Certains avaient perdu un bras, une jambe ou un œil. Ils allaient devenir, comme beaucoup d'autres, ce que l'on appellerait plus tard des « gueules cassées », n'arriveraient pas à faire partie intégrante de la société et en seraient même exclus, ne pouvant jamais fonder une famille et travailler normalement.

On m'a fait approcher d'un homme qui avait une énorme blessure dans le dos et qui ne pouvait plus bouger. Sa colonne vertébrale avait été atteinte, m'avait-on dit.

Le lieutenant-colonel a déclaré :

« Il est désormais temps de nous démontrer l'étendue de vos pouvoirs, de vos facultés surnaturelles. Apportez-nous la preuve irréfutable de vos capacités extraordinaires. »

Le blessé poussait des cris. Il m'a regardé d'un air suppliant en me disant qu'il ne sentait plus ses jambes. J'ai hésité à accomplir ce que j'avais fait aux autres. On m'a ordonné d'apposer mes mains sur le malade. Mes gestes ont été maladroits et hésitants. J'ai posé mes deux paumes sur la blessure que le soldat avait dans le dos et j'ai attendu. L'angoisse de ne pas y parvenir me taraudait. Qu'allais-je devenir si j'échouais ? Malheureusement, au bout de longues minutes, rien ne s'est produit. On a interrogé le soldat blessé mais il a affirmé que son état restait le même, rien n'avait évolué.

Les gradés m'ont regardé avec gravité et ont échangé un signe de tête. Le colonel a fait appeler deux soldats qui tenaient des fusils et a donné l'ordre que l'on me mette aux arrêts. Il m'a signifié la chose suivante :

« Delange, à compter de ce jour, vous ne participerez plus aux opérations. Vous avez contrecarré l'ordre militaire et le bien-être de nos hommes. Vous serez examiné dans un hôpital militaire puis conduit à votre geôle. Nous allons vous faire passer des tests psychologiques. On vous maintiendra là-bas pour une durée indéterminée. Soldat, conduisez-le au bureau du général avec cette missive que je rédige sur-le-champ. »

J'ai donc été conduit auprès du général qui a donné l'ordre de me transférer vers un hôpital militaire en France. On m'y a fait passer toute une série de tests à l'aide de dessins, d'interrogatoires sur mon passé. Un matin, une infirmière m'a injecté un produit inconnu, censé calmer une soi-disant agitation. Il est vrai que j'étais nerveux. Il y avait de quoi ! Et je niais sans cesse avoir créé un désordre volontaire au sein des troupes. Je posais souvent la même question : quand comptait-on me libérer?

Un médecin s'est entretenu avec moi assez longtemps. Il m'a diagnostiqué une névrose. Je pense que c'était dû à mon trop grand empressement à recouvrer la liberté. Je ne tenais pas en place. Je tournais en rond dans une chambre d'hôpital exiguë où je passais le plus clair de mes journées. Cette chambre ne laissait passer la lumière que par une étroite fenêtre munie d'épais barreaux qui hachaient la vue sur l'extérieur. Tout le monde pensait que j'étais une sorte de dément narcissique qui avait voulu marquer son empreinte, en accomplissant un acte pseudo-héroïque.

Lorsque le médecin chef m'a fait remarquer mon état, je n'ai rien contesté, ce qui a aggravé mon cas car ils se sont dit que je ne pourrais pas sortir pendant un bon moment, ayant perdu toute lucidité.

Je suis resté claquemuré dans cet hôpital glacial. L'ennui m'a rongé rapidement comme un insecte xylophage dévore progressivement une poutre de l'intérieur. Je dois dire que j'étais en pleine dépression nerveuse. Je n'avais aucun espoir, je me voyais définitivement rester ici. Toute perspective de liberté était anéantie. De plus, j'étais coupé du monde extérieur.

Je pensais souvent aux nombreux combats que les soldats livraient un peu plus loin et à ceux qui mouraient, fauchés sur les champs de bataille, moisson tragique d'une guerre qui n'en finissait pas. J'ai entendu des conversations qui révélaient que le moral des troupes était au plus bas, que l'espoir d'en finir était mince. La situation stagnait, les Allemands tenaient bon et avançaient inéluctablement.

Aujourd'hui en 2122, je repense à cette guerre et je constate avec dépit que le monde l'a presque totalement oubliée. Les nouvelles générations n'ont pas entretenu les monuments aux morts que l'on avait édifiés pour conserver la mémoire de ces hommes braves, les « poilus ». Ces lieux de mémoire ont en effet été laissés à l'abandon, pour ceux qui tenaient encore debout. Le pire c'est que le souvenir de l'armistice n'est même plus célébré. À la place des stèles, il y a des échoppes, des Food trucks ou des places de parking aménagées pour mettre des véhicules nouvelle génération, montés sur coussins d'air aéropropulseurs.

Dans les journaux, dans les livres d'Histoire, parfois une allusion est faite à cette guerre mais pour évoquer un passé très lointain, avec une distance ironique : « au temps de Mathusalem » ou de « l'ancien monde ».

Plus personne n'éprouve de sentiments patriotiques. On se réclame d'une ère ultra-moderne, d'un monde nouveau, censé apporter bonheur et longévité dans une sphère où les loisirs et la consommation sont encore plus démesurés que dans les années 2000 ou tout simplement les trente glorieuses. Les intelligences artificielles et les robots dominent le fonctionnement d'une société remplie d'écrans, de réalités virtuelles ou augmentées. Les rapports humains sont basés sur le tout numérique. Les hommes vivent avec des oreillettes ou des lunettes 3D qui leur adressent des messages publicitaires, des informations pratiques pour les moindres échanges ou actions. Les commandes sont vocales. L'Homme n'a plus besoin d'utiliser son intelligence. Plus d'effort physique ni intellectuel : vous êtes téléguidé, on vous dit ce que vous devez faire et ce que vous ne devez pas faire. Une ligne de conduite vous est dictée en permanence avec des messages moraux progressistes. Tout est volatile, il n'y a pas de place pour les souvenirs et les sentiments. C'est le règne du Moi au sein d'un espace artificiel où la propriété, les biens matériels sont élevés en bannière suprême, sans que vous soyez vraiment propriétaire de quoi que ce soit, mais vous devez reconnaissance aux élites politiques et à leurs administrations qui vous attribuent des points bonus en fonction de votre comportement.

Même la guerre de 1945 a été reléguée dans des archives numériques que plus personne ne regarde et sont classifiées «patrimoine secret de l'État.» Seuls les dirigeants ont un droit d'accès aux documents et aux vidéos. Cela n'est plus enseigné dans les écoles, toutes connectées à l'ordinateur central étatique qui projette ses leçons sur écran tactile et les diffuse dans les oreilles des enfants.

Je reviens à ma situation en 1916. J'aurai l'occasion de reparler de ce monde contemporain plus tard. Je suis resté à l'hôpital jusqu'en 1918, date à laquelle, j'ai été transféré dans une nouvelle unité psychiatrique. J'étais dans un état lamentable, ne m'alimentais pas beaucoup. J'avais perdu l'espoir et l'appétit, ce qui est étroitement lié.

Dans ma situation ténébreuse, un rayon de soleil est toutefois apparu. Une après-midi, on est venu m'informer que j'avais de la visite. J'en étais stupéfait. J'ai pensé qu'il s'agissait d'un de mes enfants mais comment auraient-ils pu savoir où je me trouvais ? Je ne m'appelais plus Evan Le Buec mais Jacques Delange à cette époque. Je n'avais évidemment rien dévoilé de mon passé. J'étais complètement coupé du monde.

On m'a accompagné dans une pièce qui faisait office de parloir. Un homme, que je n'avais jamais vu auparavant, m'attendait assis sur une chaise, face à une table. Il s'est aussitôt levé quand je me suis dirigé vers lui, guidé par un infirmier. Il m'a serré la main et s'est présenté ainsi :

« Bonjour monsieur, je suis Ferdinand Delsalle, correspondant de guerre, journaliste et écrivain. Mon nom ne vous dit peut-être rien mais je voudrais m'entretenir avec vous, si vous me le permettez.

- À quel sujet ? ai-je demandé méfiant

- Au sujet de votre situation. Mais soyez sans crainte, je n'ai pas de mauvaises intentions. Au contraire, je vous apporte une excellente nouvelle. Asseyons-nous pour en discuter tranquillement. »

Ma curiosité était piquée par son discours. J'ai pensé que ce qu'il avait à me dire pouvait être intéressant et que je ne risquais rien à l'écouter. J'avais l'intention de le laisser parler, c'est ce que j'ai fait. Il a commencé par me dire : « Je suis venu vers vous aujourd'hui, comme je viens de vous le dire, pour vous apporter une très bonne nouvelle. J'ai eu un peu de mal à retrouver votre trace. J'ai entendu parler de vos exploits et de votre bravoure pendant la guerre et d'un épisode fâcheux qui vous est arrivé. Je peux déjà vous dire que nous allons remédier à cela. »

Qui représentait ce « nous » ?

« Je suis au service des armées pour couvrir la plupart des événements. J'ai pour mission de relater les principaux faits de la guerre. J'ai eu notamment l'occasion de rencontrer des gradés et différents soldats. Votre nom est apparu au fil de plusieurs conversations. Certaines, parmi celles-ci, étaient tantôt élogieuses tantôt négatives. Il m'a fallu démêler le vrai du faux et rester totalement objectif. Lors de mes différents entretiens, on vous a présenté comme une personne douée de la faculté de guérison. Vous auriez soulagé les blessures de soldats en piteux état après le lancement d'une attaque à l'arme chimique. Je me suis demandé comment vous aviez pu survivre à tout cela. Mais c'est autre chose. Vous avez fait preuve de fraternité et de solidarité. On vous a présenté comme un "sauveur", un homme "providentiel". Les familles des soldats sont très reconnaissantes. Beaucoup n'ont pas compris et ont été attristées par le fait qu'on vous ait envoyé dans un hôpital fermé qui ressemble plutôt à une prison qu'à un centre de soins.

D'autres soldats n'ont pas eu la même version et vous ont décrit comme un illuminé, une sorte de « gourou » ou comme quelqu'un souffrant d'un grand déséquilibre psychique résultant du traumatisme de la guerre. Vous êtes jugé par vos supérieurs comme un mythomane et un perturbateur. J'ai eu accès à certains rapports. Cela est sans appel. Il voulait vous faire passer en cour martiale à l'issue de votre séjour hospitalier.

Cependant, je me suis ému de votre sort et j'ai enquêté sur vous. Le résultat de mes recherches a été concluant. Les différentes auditions que j'ai eu l'occasion d'avoir m'ont convaincu que l'on devait vous rendre la liberté.

J'ai usé de beaucoup de mes relations sociales haut placées et les familles des soldats, qui n'ont pas péri grâce à vous, se sont mobilisées. Elles vous ont appuyé et ont envoyé des courriers, des témoignages en haut lieu. Le ministre des Armées s'est penché sur votre cas et a déclaré textuellement : « même si c'est un trublion, il n'a pas commis de crime ! Je ne vois pas en quoi cela nous a nui. »

Le ministre pense vraiment que vous avez été traumatisé comme beaucoup de soldats par cette attaque chimique. Il a écouté les familles et a donc décidé de vous faire sortir demain sous condition d'une mise à l'essai. Si vous ne faites plus parler de vous en mauvais termes, vous êtes sûr d'échapper au tribunal militaire.

J'ai ici un document, reproduction fidèle de l'autorisation de sortie qui vous concerne. On m'en a fait discrètement une copie. La voici.»

Il a sorti une lettre et me l'a tendue en souriant. J'ai pu lire les quelques lignes suivantes :

« *Je soussigné, Général Duberry, commandant des armées, autorise la sortie du sergent-chef Jacques Delange, compte tenu de son bon comportement au sein de l'hôpital. Sa sortie aura lieu le 8 juillet 1918. Il lui est accordé une permission sans délai avec mise à l'épreuve indéterminée pour l'instant* »

J'ai donc été effectivement libéré le lendemain. Le problème qui se posait à moi, c'est que je ne savais pas où j'allais résider. Je ne pouvais plus retourner à Paris car on aurait pu me reconnaître. Il ne me restait qu'un peu d'argent en poche. Je devais retrouver au plus vite un travail pour assurer à la fois ma bonne conduite et subvenir à mes besoins.

Lorsque j'ai franchi le seuil de la porte de l'hôpital, complètement désorienté, mais en respirant l'air du dehors, les forces me sont rapidement revenues. Je suis sorti de dépression au bout de quelques heures et je me suis fait la promesse de ne plus utiliser mes facultés de guérisseur afin de ne pas attirer l'attention sur moi.

J'ai donc gardé mon identité de Jacques pour me "blanchir" de cette histoire et me racheter une réputation.

Je me suis dirigé vers la gare la plus proche avec un maigre viatique et paquetage et je me suis rendu à destination de Lyon. Une nouvelle vie, parmi toutes les aventures que j'avais connues, débutait pour moi.

En mettant le pied dans cette ville, j'ai émis le souhait d'avoir une vie meilleure, plus discrète, de me fondre dans une vie remplie de simplicité. Je devais demeurer incognito.

J'ai trouvé au bout de quelques jours un emploi modeste dans une manufacture. Puis, le 11 novembre de cette année 1918, l'armistice, c'est-à-dire la fin de la guerre, a été signée officiellement en forêt de Compiègne.

Chapitre 4

Ma vie à Lyon a été plutôt paisible pendant un long moment. J'y ai fait la connaissance d'une jeune femme qui s'appelait Lucie. Celle-ci a eu le talent de me faire oublier ma chère défunte Éloïse. Nos premières années ensemble ont été flamboyantes de passion amoureuse. Son physique correspondait en tout point à mes goûts. Nous avions toujours envie des mêmes choses au même moment. Nous avons profité de la ville lyonnaise dans ses moindres recoins. Celle-ci n'avait plus de secret pour nous. Nous pratiquions du sport, ce qui maintenait ma forme physique même si cela n'était pas tellement nécessaire car j'étais au summum de ma vitalité.

J'avais ressenti de l'embarras au bout d'un mois lorsque Lucie m'avait demandé mon âge. J'avais été obligé de lui mentir car quelle aurait été sa réaction face à ce phénomène, à l'étrange spécimen que je représentais. J'étais le parangon de la jeunesse éternelle.

Ma condition professionnelle s'était considérablement améliorée au cours de ces années : j'étais devenu chef d'atelier. J'avais réussi à développer tous les aspects, toutes les qualités qu'un métier manuel exigeait. Je devais cela à mon esprit pratique et pragmatique. J'étais parfaitement apprécié par mes collaborateurs et tout le monde me voyait prendre un jour le poste de directeur à la manufacture. J'étais consciencieux et minutieux. Mon esprit ne laissait rien au hasard. Je voulais que tout soit parfait et ça l'était. Je ne supportais pas un travail fait à moitié. Les tâches que je devais accomplir dans une journée n'étaient jamais repoussées. Le travail ne supporte pas l'à peu près ni la procrastination même s'il faut savoir opérer parfois une sélection, un ordre des priorités. Il faut penser aux moindres détails et envisager tous les aspects en anticipant les choses.

Lucie occupait un emploi de comptable dans l'entreprise. C'était une des rares femmes à avoir une telle place dans un monde essentiellement masculin.

Durant deux ans, mon esprit était hanté par la préoccupation suivante : je voulais absolument revoir les enfants de mon premier mariage. Je devais à tout prix entrer en contact avec eux. Habitaient-ils encore Paris ? À cette époque, il n'y avait pas autant de moyens de communication qu'aujourd'hui. J'ai donc fait des recherches mais en vain. Je n'ai pas obtenu de réponses à des lettres que j'avais envoyées à leur adresse. Peut-être avaient-ils déménagé ?

J'ai ressenti une profonde tristesse d'avoir perdu leur trace. J'ai donc décidé de mettre une annonce dans un quotidien national. Le problème c'est que je ne devais pas faire apparaître clairement mon identité. Je devais rédiger un message suffisamment explicite et taire absolument mon nom. J'ai donc décidé d'écrire l'annonce suivante que seuls mes enfants seraient aptes à identifier. J'ai décidé de faire paraître tous les mois cette annonce pour une durée indéterminée.

Voici le court texte que j'ai remis à la rédaction contre une certaine somme d'argent :

« M. Retz a retrouvé la bague de mariée d'une certaine Madame Éloïse le Buec dans les rues de Paris alors qu'il était en voyage. Il souhaite la restituer à sa propriétaire. Merci de le

contacter en poste restante au numéro 45 A, Lyon 4ème. »

J'ai réalisé en écrivant ceci que ma vie n'aurait jamais les caractéristiques de celle d'un homme ordinaire. Mon espérance de vie m'occasionnait bien des ruptures familiales et des tourments. En réalité, malgré mon bonheur apparent actuel, je ressentais toujours de manière vive et très aiguë, la perte de ma femme comme une blessure incurable malgré le temps qui passait. De plus, mes obstacles, mes tumultueuses expériences, mes aléas frappaient durement le cours de ma vie qui serait, -à jamais ?- chaotique. Mes tourments auraient-ils une fin et si oui, combien cela mettrait-il de temps ?

L'annonce a été publiée pendant un an. J'allais voir toutes les fins de semaine si j'avais du courrier à la poste de la Croix-Rousse, dans le quatrième arrondissement

Un matin, j'ai trouvé une lettre. Sur l'enveloppe, j'ai reconnu l'écriture de mon fils. J'ai ouvert le courrier dans la rue sans attendre. Il m'expliquait qu'il avait failli mourir d'inquiétude de ne plus me voir pendant toutes ces années. Je ne vais pas dévoiler tout le contenu du courrier car certaines choses relèvent de l'intimité mais le sujet principal de cette missive était la question d'un rendez-vous sur Lyon. Mon fils désirait me voir au plus vite ainsi que sa sœur, c'est-à-dire ma fille. Je me suis empressé de répondre le soir même et j'ai averti ma seconde épouse que mes enfants allaient venir me voir. Je lui avais déjà raconté quelques étapes de ma première vie sans trop entrer dans les détails. Elle était contente pour moi. Elle m'a dit que nous devions les recevoir au mieux.

J'ai posté ma réponse le lendemain soir et j'ai reçu une nouvelle réponse enthousiaste au bout d'une semaine. Nos retrouvailles ont été un grand moment, nous avons beaucoup pleuré. Mes enfants sont restés chez nous pendant une semaine. Ils avaient pris un congé exceptionnel pour venir me voir. Puis, nous nous sommes quittés en nous promettant de nous revoir plusieurs fois par an. Cependant, je leur ai indiqué que je ne pouvais leur rendre visite à Paris où j'étais persona non grata, ce qu'ils savaient pertinemment.

Des années se sont écoulées au fur et à mesure desquelles j'ai vu mes enfants vieillir. Ils ont pu constater, en ce qui me concerne, que je ne vieillissais toujours pas, à leur grande joie et étonnement. J'étais toujours un beau trentenaire alors que mon âge réel dépassait les quatre-vingts ans. J'avais quatre-vingt-neuf ans ! Et j'étais en pleine forme. Aucune ride n'apparaissait sur mon visage. Mes cheveux n'avaient pas blanchi. Bref, tout demeurait figé à l'âge de mes trente-cinq ans. Nous étions alors en 1935 ! Mes enfants me prenaient pour une sorte de phénomène de foire mais j'étais leur père et ils se contenaient pour ne pas trop en dire. Mon fils et ma fille m'avaient déclaré qu'ils préféraient me voir ainsi, solide comme un roc et qu'ils auraient la chance de me garder très longtemps auprès d'eux. Bien entendu, les remarques sur mon âge surgissaient souvent au détour des conversations. Mon fils me disait que plus tard il souhaiterait être mon égal et que la génétique lui offrirait peut-être ce cadeau. Il fallait avoir confiance en la science.

Je ne leur ai jamais rien révélé de mon secret car cela aurait pu avoir de fâcheuses conséquences. Je ne devais rien divulguer à personne car ma sécurité en dépendait. Le secret devait demeurer intact.

Pendant tout ce temps écoulé, je me demandais souvent où était le journal de Jules

Crevaux et quelles mains pouvaient le détenir. J'y pensais souvent au cours de mes nuits. Mille conjectures se dressaient dans mes éveils nocturnes. Retrouverais-je un jour sa trace et les précieux éléments qu'il contenait ? Ces écrits représentaient les clés d'une réponse à mes questions.

En 1939, la Seconde Guerre mondiale a éclaté. L'ombre noire, immense, d'Hitler et du nazisme a assombri le monde. J'ai perdu de vue mes enfants. J'ai appris que Paris était envahi. Je n'ai plus jamais revu mes chers petits après cette guerre. Cela a été pour moi un second traumatisme s'ajoutant à la perte d'Éloïse, ma première femme.

Lyon n'a pas échappé à la présence de l'ennemi allemand. Ennemi que j'avais vu sur le terrain des tranchées. Une résistance s'était toutefois organisée, à laquelle j'avais pris part avec ma seconde épouse Lucie. Celle-ci a été arrêtée par la Gestapo en 1943. Une nouvelle page tragique s'est écrite dans ma longue vie tourmentée, faite de hauts et de bas incessants.

Pendant la guerre, nous avons beaucoup souffert Lucie et moi de la faim. Nous avions des tickets de rationnement mais cela était bien maigre et les commerçants rechignaient souvent à nous vendre quoi que ce soit. Pourtant eux ne manquaient de rien et alimentaient le marché noir. Beaucoup étaient devenus riches grâce à cela.

Des Allemands, en très grand nombre, circulaient partout dans Lyon. Nous avions le sentiment de ne plus être en France. L'occupation de notre pays était un véritable viol de notre patrie. La situation semblait devoir perdurer et nous nous voyions déjà non plus vivre comme des Français à l'avenir mais devenir Allemands, asservis à la botte brune d'Hitler et de ses sbires. Nous n'avions plus d'espoir de récupérer notre France. J'ai intégré pendant toutes ces années l'armée des ombres (la résistance). J'ai fait sauter des trains, délivré des compagnons, et fait acheminer des vivres et des munitions. J'ai suivi la ligne de conduite dictée par l'appel du général de Gaulle le 18 juin 1940. Jamais je n'ai faibli. J'ai vécu dans la terreur, le désespoir, parfois l'épouvante comme des millions de compatriotes. J'ai vu ma famille décimée, et ce qui m'a permis de tenir était la force de mon éternelle jeunesse et la conviction que je ne risquais pas grand-chose pour ma vie. Ainsi, je l'ai mise au service des autres et par extension, au service de mon pays tout entier. J'ai aussi aidé des familles juives à fuir aux États-Unis. J'ai pensé aux enfants et aux femmes, aux êtres les plus fragiles.

Au sortir de la guerre, la France était exsangue et les tensions entre Français très vives. Des règlements de compte ont éclaté un peu partout. Des délateurs, des collaborateurs de l'ennemi ont été châtiés.

J'ai dû une nouvelle fois changer d'identité car mes activités de résistant n'étaient pas au goût de tout le monde et je devais encore une fois me protéger contre toute menace éventuelle et préserver une tranquillité fragile.

J'ai été amené à changer de travail car la manufacture avait été détruite et ses salariés avaient été quasiment tous éparpillés aux quatre coins de la France. Tout le pays souffrait, c'était un immense champ de ruine.

Comme tout était à reconstruire, j'ai intégré le secteur du bâtiment dans la perspective de la reconstruction. Ce métier était pénible mais je n'avais pas d'autre solution pour l'instant. Je suis ainsi resté trois ans comme homme à tout faire : maçon, manutentionnaire, charpentier, etc. Ensuite, je me suis mis à mon compte et j'ai fondé une entreprise de travaux publics. J'ai employé quelques hommes au début puis assez rapidement une dizaine. Mes affaires marchaient bien. J'étais le patron, dans une position de gestionnaire, ce qui m'allait très bien. Ma vie s'est écoulée sans que le temps ne m'arrête. Je ne vieillissais pas. Ma santé était inébranlable. Mon tonus restait toujours le même mais j'ai constaté un changement de mon caractère : j'étais souvent las, triste et l'ennui commençait à s'immiscer en moi et à me miner de l'intérieur. J'ai eu quelques relations amoureuses, certaines assez longues d'autres plus fugaces. J'ai suivi aussi l'évolution du pays et ses transformations. Les multiples progrès m'ont étonné, déconcerté. Il a fallu que je m'adapte totalement au changement des mentalités, à tous les aspects politiques, sociaux, économiques, etc.

J'ai connu l'époque foisonnante des trente glorieuses, sa frénésie, son abondance et sa fulgurance. Toute cette rapidité m'a désarçonné et m'a, à la fois, redonné de l'élan. J'étais curieux de savoir jusqu'où allait parvenir le progrès et les miracles d'une civilisation qui devenait de plus en plus avancée.

Il y a eu d'autres guerres en dehors de nos frontières mais avec moins d'envergure. Je m'arrangeais pour ne plus y participer, pour ne pas y être entraîné malgré moi.

Dans les années 2000, ma vie a pris un nouveau tournant. J'ai déménagé dans une petite ville de Provence car j'avais besoin de changer d'air et de profiter d'un meilleur climat. J'ai participé à la vie de la commune et je suis même devenu maire au bout d'un certain temps. Les habitants m'appréciaient. Je menais en parallèle une activité de négociant en vin à l'import-export.

J'ai été accaparé par la vie politique. J'ai écouté et réalisé la plupart des demandes des habitants mais ces derniers en voulaient toujours plus. J'ai intégré le conseil régional. J'avais de plus en plus de mal à tout concilier. J'ai un peu délaissé ma commune. Les administrés s'en plaignaient dans mon bureau. J'ai alors connu les affres de la politique et j'ai été sous le feu de nombreuses critiques. On ne peut pas plaire à tout le monde, me répétais-je. J'ai reçu des lettres de menaces. J'ai enfin été perdant aux élections. J'ai toutefois continué à travailler au sein de la région.

La véritable césure s'est produite en 2010. Un fait marquant m'a fait basculer et a eu de très fâcheuses conséquences sur le restant de ma vie. Internet a eu raison de moi. Voici ce qui s'est produit.

Lors d'une journée de travail ordinaire, pendant des négociations avec des viticulteurs de la région, près des vignes d'Aix-en-Provence, j'ai aperçu, alors que je discutais tranquillement avec des vignerons dans un domaine viticole, deux grosses berlines noires se diriger vers nous. Six hommes sont descendus du véhicule qui était arrivé en trombe sur la propriété de Monsieur Santos, vigneron. Tous les regards se sont tournés vers ces voitures. Un des hommes s'est avancé et m'a tenu à l'écart, interrompant mes négociations. Il m'a prié de monter dans l'un des véhicules. Il m'a montré sa carte : il s'agissait d'un agent des services de sécurité intérieure de l'État.

Monsieur Dos Santos a appelé la gendarmerie car il ne comprenait pas ce qui se passait. Il était persuadé que l'on voulait attenter à ma vie. Tout cela était choquant, incompréhensible. Au téléphone, après de longues minutes, il a reçu la confirmation que j'étais bien recherché, sans plus de précision.

Je n'ai donc pas eu le choix. Il a fallu que je suive ces messieurs qui ne plaisantaient pas et se montraient inflexibles.

J'ai dit à Monsieur Dos Santos de ne pas s'inquiéter. Je n'avais rien à me reprocher. Il s'agissait d'une simple vérification mais je savais très bien que j'étais sous une fausse identité et que mon passé était loin d'être clair. Je me demandais cependant ce qu'on allait me dire et où on allait m'emmener. On se serait cru dans une série TV. Pourtant, cela était bel et bien réel.

La cause de tout ceci - je l'ai appris plus tard - c'est que j'avais été dénoncé par un des employés d'une société de vins fins. Le mouchard avait découvert sur internet un vieil article de journal qui relatait que ma maison avait été perquisitionnée au XIXème siècle. Il m'avait reconnu et s'était empressé d'entreprendre des recherches à mon sujet car j'étais un cas exceptionnel, très singulier. Il n'avait rien dit dans son domaine professionnel ni à sa famille ni à ses amis, de peur de passer pour un fou car mon histoire était invraisemblable en apparence. Il avait préféré contacter les services secrets. Il leur avait révélé où je travaillais et il avait rapporté des faits qui auraient semblé extraordinaires à quiconque mais les agents y avaient prêté attention après examen. Il faut savoir qu'il avait hésité à entrer en relation avec eux mais il détenait également des informations sur ce que j'avais fait pendant la Première Guerre mondiale. Il avait voulu faire du zèle en espérant non pas une récompense mais du moins une reconnaissance auprès de ces autorités. J'avais déjà eu l'occasion de connaître ce genre d'individu pendant la Seconde Guerre mondiale, toujours prêt à renseigner l'ennemi. Il pensait en tirer un bénéfice quelconque et avait le sentiment de servir une cause, de se comporter selon une certaine loi morale qui embellirait leur propre image et celle des services de l'Etat. Cela valait pour lui tout l'or du monde. Il y avait une perversité à accomplir cela. J'ai été emmené par les agents dans une sorte de station scientifique où j'ai subi des interrogatoires plutôt musclés. On a utilisé le chantage contre moi. On m'a expliqué que si je ne révélais rien, on me mettrait en prison à l'étranger, dans un des pénitenciers les plus durs et que je n'en sortirai jamais. Menace de la peine perpétuelle donc. Personne ne saurait jamais où je me trouvais. J'ai donc cédé sous la pression : j'ai raconté mon histoire et je n'ai pas eu d'autre choix que de révéler ma véritable identité. Au moment où j'ai fait cela, le supérieur hiérarchique de ces agents a eu l'air soulagé et très satisfait. Il tenait là, en effet, une preuve vivante hors du commun qui ne manquerait pas d'apporter bien des bénéfices commerciaux et militaires. J'étais une pièce unique et de grande valeur.

Au sein de leur laboratoire, j'ai été soumis à de nombreuses expériences et analyses médicales : prises de sang, test ADN, prélèvements en tout genre et surtout tests de capacité de résistance à l'effort ainsi que tests de mortalité. En effet, ils m'ont placé dans des situations dans lesquelles un être sain, ordinaire, normal, serait mort à coup sûr. Ils m'ont électrocuté sur une chaise électrique, ont réalisé le test de la noyade, l'épreuve du feu et m'ont tiré dessus avec des armes de différents calibres. Ils se sont rendu compte que ma résistance était à toute épreuve. Toutefois, ils n'ont pas été jusqu'à me démembrer car cela leur paraissait trop risqué. Ils m'ont gardé ainsi pendant des mois. Après chaque test, ils me laissaient un peu de répit pour que je me reconstitue et ils recommençaient toujours selon les différents modes opératoires que j'ai énoncés plus haut. On m'a interrogé sur la disparition du journal de Jules Crevaux en recourant toujours au même chantage puisque cela avait marché une première fois. Mais, j'ai juré que je ne détenais aucune information. Ils ont fini par y renoncer, ils se rendaient compte que je ne mentais pas à ce sujet, même une fois passé au détecteur de mensonges, une des méthodes américaines qu'ils avaient utilisée. J'ai été ensuite transféré dans un autre laboratoire quelque part dans le monde. Je n'ai jamais su exactement où car on m'avait bandé les yeux.

J'ai subi encore d'autres prélèvements, sanguins, osseux, organiques et on m'a fait passer des scanner, des IRM, des radiographies et on a couvert d'électrodes toute la surface de mon corps.

Au bout d'un temps qui m'a paru infini, une sorte de médecin est venu me voir. Il m'a dit que les tests et les examens étaient terminés. Il a demandé à un autre homme de me questionner sur la composition du breuvage que j'avais ingéré dans la forêt amazonienne. Je n'ai bien sûr pas su quoi répondre car j'avais été, à l'époque, dans l'incapacité de voir la recette de cette potion ou « élixir ».

On a quand même fini par me libérer mais à la condition de changer d'identité et de rester à leur entière disposition à tout moment. Des agents m'ont placé sous la peau une puce électronique, un tracker. Ils m'ont accordé une certaine liberté, j'ai pu retrouver un travail et m'installer dans un nouveau domicile en région parisienne. Je devais rester « déplaçable » à tout moment et près de la capitale. La vie avait perdu toute sa saveur néanmoins. Je ne saurais évaluer exactement la durée de tous ces séjours. Je sais que cela a été extrêmement long et éprouvant, à la limite du supportable. Je ressentais de nouveau, avec plus d'intensité, une grande lassitude, un grand désespoir par rapport à ma destinée. J'ignorais sur quoi tout cela allait déboucher. Il faudrait bien trouver une issue. Mais laquelle ?

Le temps a passé avec une monotonie certaine. J'ai constaté que la marche du progrès continuait toujours avec les découvertes de nouvelles techniques et technologies mais j'ai assisté aussi à une dégradation de l'esprit humain : les Hommes prenaient des décisions souvent folles en dépit du bon sens. Les gouvernements étaient de plus en plus médiocres, incapables de surmonter ou de résoudre des problèmes divers et le peuple s'abêtissait dans le consumérisme effréné. Un des fléaux de ce temps résidait sur les moyens de communication omniprésents, développés grâce à internet. La culture n'avait plus tellement de place dans cette société où l'humanité semblait devenir mécanique, inconsciente et admirer les algorithmes, les intelligences artificielles qui émergeaient. Tout cela nuisait à l'ensemble et l'argent était le moteur de toute action, de toute activité humaine et de tout projet. Tout devait remplir des objectifs et des statistiques. Il fallait être performant et donner l'apparence du bonheur en allant dans le sens d'une pensée unique, martelée par les médias qui occupaient une place de choix, prépondérante, véritable outil du pouvoir en place.

On éprouvait un malin plaisir à détruire ce que les générations précédentes avaient érigé et on se vantait de mettre en place un monde nouveau, un monde neuf, inédit, qui prenait l'apparence d'une nouvelle modernité, d'une révolution bienfaitrice de l'intelligence humaine. Le vieux monde devait à tout prix disparaître et laisser émerger de nouvelles tendances, sources d'une richesse qui s'avérerait complètement illusoire dans un futur que j'ai malheureusement subi du fait de mon extraordinaire longévité.

L'année 2060 a été un tournant décisif. Une ère radicalement nouvelle a été scellée. Le monde a plongé dans une folie béate. Une nouvelle promesse ou plutôt une nouvelle prophétie, dirais-je, était énoncée comme un refrain sous la forme de la propagande, cette arme absolue du conditionnement humain. La découverte, la nouvelle invention, était la suivante : donner désormais à l'homme une espérance de vie cinq fois supérieure à celle des générations antérieures.

J'ai pris conscience que j'avais fait partie d'une chaîne de la recherche scientifique et médicale. J'ai été l'un des maillons manquants et l'un des meilleurs contributeurs à cette avancée scientifique révolutionnaire qui avait mis plusieurs années à aboutir.

La perception de l'Homme, quant à son avenir, n'était plus la même et cela a fait basculer le monde dans ce que l'on appelle l'humanité suprême, la « Renaissance génétique.» L'ADN humain venait d'être complètement transformé et, par corrélation, l'avenir du monde. Le futur en était radicalement transformé.

Les pages qui vont suivre relatent cette nouvelle orientation, le nouveau visage de l'humanité et sa profonde décadence.

Chapitre 5

La Renaissance génétique était réservée à une certaine catégorie de la population. Comme vous pouvez aisément le deviner, surtout les plus riches pouvaient se voir administrer un traitement de fond. Celui-ci modifiait l'ADN de telle façon que votre espérance de vie était cinq fois au-dessus de la norme. L'existence d'un homme ou d'une femme se prolongeait dorénavant jusqu'à cinq cent cinquante ans en moyenne. L'industrie pharmaceutique, qui commercialisait le produit, espérait même repousser cette limite pour atteindre le millénaire.

Parmi ceux qui bénéficiaient de cette énorme avancée médicale, on trouvait des hommes d'affaires, des hommes et des femmes politiques, des médecins, toutes sortes d'élites financières. Le quidam devait se contenter d'une vie limitée mais atteignait tout de même les quatre-vingt-dix ans en moyenne.

Certaines professions, pompiers, policiers, militaires ou agents très spécialisés dans un domaine jugé indispensable, profitaient de cette majoration considérable de la vie terrestre. Cette nouvelle donne a eu bien des conséquences politiques, économiques et surtout psychologiques. Celui qui avait la chance de pouvoir vivre aussi longtemps était facilement reconnaissable : son orgueil surpassait l'égo naturel propre à l'espèce humaine. Un sentiment d'extrême supériorité habitait les heureux élus de ce progrès scientifique. On les voyait souvent pratiquer des sports de luxe et extrêmes : course automobile, sauts sans élastique ou sans parachute, base-jumping, ski hors-piste, etc. Ils ne pouvaient pas mourir accidentellement. Leur seule limite était fixée à cinq cent-cinquante ans, comme je vous l'ai dit. Ils résistaient à toute blessure, échappaient à tout danger mortel.

Ils méprisaient aussi le reste de la population et imposaient leurs lois arbitraires. Le pouvoir en place alors était un savoureux mélange, si je peux dire, de toutes les idéologies politiques que l'homme avait connues auparavant et l'accent était mis sur l'obéissance aux lois qui régissaient un monde nouveau, reposant sur de nombreuses lignes de conduite dictées, martelées par les médias et surtout par les nouvelles technologies. J'ai déjà eu l'occasion de vous en parler.

Tout homme devait être pourvu dès la naissance d'une puce électronique implantée dans son bras qui donnait droit à des laisser-passer et à de multiples autorisations, que ce soit relativement à la vie quotidienne ou professionnelle. Si vous dérogiez à n' importe laquelle de ces règles de vie, vos libertés d'action s'en trouvaient aussitôt restreintes. Vous étiez alors « mis en veille » c'est-à-dire cantonné à rester chez vous car vos sorties ne vous permettaient pas de vous promener à plus de quatre kilomètres de votre domicile.

Des écrans fleurissaient un peu partout dans les grandes villes et les villes moyennes. Les Français habitaient surtout dans les agglomérations qui s'étaient considérablement développées et avaient étendu leur superficie avec tous les problèmes que l'on peut imaginer, engendrés par la surpopulation et la pollution.

Ces écrans restaient allumés vingt-quatre heures sur vingt-quatre. Ils affichaient des spots publicitaires et des discours de dirigeants politiques. Ceux-ci assénaient la morale que les habitants devaient suivre en assurant que la respecter, maintiendrait le bien-être de l'humanité et surtout le progrès dont chacun récolterait les fruits.

Les habitants pouvaient suivre ces messages également en continu dans des oreillettes dotées d'antennes miniatures et grâce à des lunettes spéciales permettant de voir une réalité augmentée. Les conseils du jour qui étaient donnés pour bien se comporter au sein de la société, qualifiée de solidaire et de fraternelle, pénétraient au plus profond des cortex des habitants.

Par ailleurs, les oreillettes servaient aux individus à communiquer efficacement. Elles envoyaient n'importe quel message et relevaient d'intelligences artificielles qui transmettaient aux lunettes les visions et matérialisaient les propos de chacun. Toute idée abstraite devenait concrète, représentée en 3D. Le langage était passé sous un filtre.

Votre propre réalité devait être conforme au code universel imposé par le gouvernement. Toute tentative de divergence à cette loi universelle était irrémédiablement censurée. Le « déviant » était alors un séditieux, immédiatement puni pour avoir enfreint les règles. Sa vie était alors mise entre parenthèses, il était ainsi privé de sorties et son compte bancaire était gelé.

Il existait des prisons pour les grands criminels mais bien souvent ceux-ci étaient enrôlés et contrôlés par l'IA dans l'armée pour des missions très périlleuses à l'extérieur. Les pénitenciers ressemblaient à des colonies, aux travaux forcés et étaient réservés aux citoyens jugés les plus réfractaires au code universel, en tout cas, à ceux qui avaient violé les règles maintes et maintes fois. On trouvait dans les prisons des hommes et des femmes qui avaient simplement désobéi aux principes des lois gouvernementales.

Tout homme pouvait se retrouver emprisonné ou privé de liberté pour une période donnée juste pour avoir contredit la pensée du moment. Je voudrais vous parler des différentes lois que la société d'alors avait décrétées. Il y en avait vingt majeures (les autres étaient plus mineures mais devaient être également observées).

- Loi n°1 : ne jamais contredire l'état de quelque manière que ce soit, ni par des images ni par des écrits, ni oralement ni en manifestant.

- Loi n° 2 : il est formellement interdit d'ôter l'implant électronique de son bras.

- Loi n° 3 : se tenir perpétuellement connecté et informé.

Il fallait suivre toutes les informations des oreillettes et lunettes heure par heure.

- Loi n° 4 : travailler sans répit 12 heures par jour et sept jours sur sept pour le bien-être de la société.

- Loi n° 5 : adapter en toute circonstance un comportement « éco-sensitif ». Limiter ses émissions et ses dépenses énergétiques.

- Loi n° 6 : aimer et respecter le président et l'Union comme un père. Le louer en se levant, en se couchant et durant les repas.

- Loi n° 7 : ne jamais se plaindre ou être malade en société. Cacher sa maladie, supporter la douleur, autrement dit, souffrir en silence.

- Loi n°8 : avoir toujours une attitude souriante même dans le malheur.

- Loi n° 9 : ne jamais être absent à son poste pour quelque raison que ce soit.

- Loi n° 10 : se vêtir selon le code Vici, code vestimentaire en vigueur.

- Loi n° 11 : se conformer au bon langage, selon les normes du linguiste étatique Kévin Fouassinet.

- Loi n° 12 : appliquer la devise de l'État en toute circonstance : solidarité, fraternité, richesse, progrès, amour.

- Loi n° 13 : circuler dans les zones prédéfinies de la carte nationale.

- Loi n°14 : pas de propriété sans contrôle de l'État. L'argent n'est pas personnel.

- Loi n° 15 : posséder des livres est interdit, sauf ceux recommandés par les pouvoirs publics.

- Loi n° 16 : interdiction des débats publics.

- Loi n° 17 : être innovant et mener des projets utiles à la société.

- Loi n° 18 : Valoriser les comportements « méritants » (tant pis pour les autres, qu'ils aillent au diable)

- Loi n°19 : toute religion est interdite.

- Loi n°20 : consommer uniquement les produits proposés par les publicités (dans la limite des stocks disponibles). La contrebande, et même le troc, sont proscrits.

Autant vous dire que je n'avais pas réussi à trouver ma place dans cette nouvelle société.

J'ai enfreint plusieurs de ces règles et je me suis retrouvé encore une fois dans une position délicate. Comme j'étais surveillé, ainsi que toute la population, je ne suis pas resté longtemps très libre.

J'ai trouvé un emploi dans une bibliothèque nationale. J'ai bénéficié d'une opportunité, d'un coup de chance. J'avais toujours aimé les livres mais je dois dire que ces nouvelles bibliothèques ne correspondaient en rien à celles que j'avais pu fréquenter auparavant. On y conservait des livres de propagande de l'État. Toutes les œuvres classiques en étaient exclues. Les journaux, les magazines offerts en prêt revêtaient un caractère publicitaire et étaient très orientés selon les lois du gouvernement en place.

Il faut savoir que les auteurs contemporains acceptés dans les rayonnages, étaient essentiellement des vedettes du pouvoir en place ou des personnes du show-business. Je faisais tout de même mon travail car cela représentait mon unique moyen de subsistance.

Dans ce lieu livresque d'un nouveau genre, des salles étaient réservées à des personnels autorisés. N'importe qui ne pouvait pas accéder à certains documents. Il fallait avoir un badge et un système de reconnaissance oculaire et faciale en permettait l'accès.

Les personnes habilitées, ayant droit de consulter des archives, appartenaient au monde de la recherche, de la politique ou aux cercles « intellectuels » au service de l'État.

Mes journées de travail s'avéraient très ennuyeuses car la littérature telle que je l'avais connue, était interdite. De plus, des hauts parleurs diffusaient des messages, des slogans à longueur de temps dans ce temple, ce sanctuaire relai de l'autorité gouvernementale. Cela me cassait les oreilles et m'abrutissait. C'était, il est vrai, le but recherché : il ne fallait pas laisser trop réfléchir le peuple.

Un soir d'hiver, après mon interminable travail, j'ai eu envie de marcher et de prendre l'air. Je ressentais alors le besoin d'évacuer les refrains qui avaient empli ma tête tout au long de la journée. Je me suis mis à marcher en direction des quais de Seine.

Tandis que je m'appuyais sur un parapet pour contempler le fleuve millénaire, un homme s'est posté à côté de moi. Il m'a demandé si j'aimais la lecture. Je lui ai répondu que cela dépendait des genres littéraires. L'homme était très méfiant. Sa voix tremblait. Son apparence était mal soignée. Il avait une longue barbe et un grand manteau noir l'enveloppait. Ses yeux bleus étaient globuleux et craintifs. Pour le rassurer, je lui ai fait comprendre que je n'appréciais pas tellement la littérature d'aujourd'hui. J'ai reconnu être un peu rétrograde dans mes goûts. Il a alors entrouvert son manteau. Sur les doublures de celui-ci, de nombreuses poches étaient cousues. Et celles-ci contenaient des livres. Des couvertures de livres de poche en dépassaient.

L'inconnu m'a alors proposé des romans, des biographies. Cela faisait longtemps que je n'avais pas lu ce genre d'ouvrages et ce choix m'a paru très appétissant, j'ai accepté de lui en prendre quelques-uns. J'ai choisi trois romans anglais et français de la littérature du XXe siècle: des romans d'Orwell et un roman d'André Malraux, *La condition humaine.*

Je lui ai payé la somme qu'il me demandait et il est parti vers une petite ruelle qui se trouvait près des quais.

Mes romans dans la poche, je suis rentré chez moi et j'ai commencé à lire pour mon plus grand plaisir jusqu'à fort tard dans la nuit.

Le lendemain matin, avant de me rendre à la bibliothèque, j'ai regardé les livres que j'avais achetés la veille et j'ai décidé d'en emporter. J'ai imité mon vendeur à la sauvette et j'ai glissé deux ouvrages dans une de mes poches intérieures de mon manteau, après quoi, je me suis mis en route pour aller travailler à la bibliothèque nationale.

Sur place, au bout d'une heure, alors que j'étais derrière un bureau non loin des archives et à l'abri des regards, j'ai sorti un livre et j'ai lu en jetant de temps en temps des regards furtifs vers mon environnement afin de voir si personne ne m'espionnait. Je vous rappelle que lire un livre du XXème siècle était formellement interdit par la loi numéro 15. J'outrepassais donc cette règle.

Après la lecture de quelques chapitres, deux agents de sécurité de la bibliothèque sont venus me voir et m'ont demandé de bien vouloir les suivre. Ils m'ont emmené dans un bureau de télésurveillance où ils m'ont fait asseoir et m'ont projeté sur un écran, en effectuant un zoom, la couverture du livre que j'avais lu auparavant.

L'un des surveillants a appelé la police, le directeur est venu me voir en personne et m'a informé que j'étais licencié pour faute grave et qu'il me remettait entre les mains des autorités.

Celles-ci n'ont pas tardé et m'ont fait monter dans un véhicule de police. J'ai été interrogé au poste. J'ai tout de suite reconnu les faits. On m'a signifié la restriction de mes libertés : on allait geler mes avoirs sur mes comptes en banque et je devais rester chez moi le plus possible avec une autorisation de sortie n'excédant pas quatre kilomètres de mon domicile pendant soixante jours.

J'ai donc regagné mon logement mais je me suis très vite rendu compte qu'un problème de taille se posait à moi : le manque de nourriture. Je n'avais pas plus de trois jours de vivres.

Ce délai dépassé, il a bien fallu que je sorte de chez moi et que je trouve un moyen de subsistance. Heureusement, à deux kilomètres de mon quartier, il y avait un centre d'aide aux personnes démunies. Dans les faits, ce genre de centre d'accueil était banni. Cependant, il existait une tolérance visant à ne pas créer d'éventuelles rébellions.

Je m'y suis rendu et là, je me suis aperçu de la misère humaine qu'engendraient les lois absurdes et indignes de cette société.

On m'y a servi un repas. J'ai fait la queue au milieu d'autres exclus qui appartenaient visiblement à différentes couches sociales.

Je me suis installé parmi d'autres personnes. Un couple se tenait à côté de moi. Il n'appartenait pas à la bourgeoisie mais plutôt à la classe moyenne, c'est ce que j'en ai déduit en regardant leurs vêtements et leur façon de se comporter.

Le mari supposé de la femme, du moins son compagnon, m'a regardé et m'a demandé, car j'avais l'air dépité et désemparé :

« C'est la première fois que vous venez ici ?

- Oui, je viens d'être sanctionné pour avoir lu un livre sur mon lieu de travail.

- Vous aimez lire ?

- Je me suis remis à la lecture depuis peu. Je renoue avec ma première passion.

- Permettez-moi de nous présenter : voici Olga ma femme et moi je m'appelle Louis, Louis Mancel.

- Enchanté, je suis Evan Le Buec.

- Vous savez, vous vous habituerez à venir ici. Si vous respectez les règles du lieu, vous mangerez à votre faim.

- Cela fait longtemps que vous venez ici avec votre épouse, si je ne suis pas indiscret ?

- Il n'y a rien d'indiscret. Nous n'avons pas de choses à cacher pour des gens comme vous. Nous souhaitons juste vivre comme avant, être libres. Nous avons été condamnés pour cinq ans. Nous avons fait paraître des articles scientifiques à l'encontre de la pensée unique, des articles critiques sur cette fameuse « Renaissance génétique ». Ma femme et moi travaillions pour un de leur laboratoire de recherche. Les autorités voulaient que l'on augmente encore l'expérience de vie au-delà de cinq cent cinquante ans. Ils nous ont mis une pression extraordinaire. Nous ne supportions pas cette volonté de contrecarrer la nature de l'Homme. Olga et moi pensons que c'est une très mauvaise chose pour l'équilibre du genre humain. Imaginez ce qui se passerait s'il n'y avait que des gens immortels sur notre planète ? Quel serait le sort de la destinée humaine ? Cela rendrait les gens fous et les guerres incessantes. Tout le monde se placerait au-dessus de Dieu, se considérerait comme un être infaillible. Et une vie sans limite détruirait la philosophie et l'essence même de la vie.

- Il est vrai que cela brouillerait les repères et causerait des sortes de dépression ou de sentiments de surpuissance.

- Et je ne vous parle pas de nos élites politiques. Imaginez-vous un même président pendant mille ans ? Quelque chose de plus dangereux a commencé à se produire : c'est la surpopulation et l'épuisement des ressources de notre terre.

De plus, les cycles de vie et de mort, ceux des naissances ne fonctionnent plus comme à l'origine. Les générations ne laissent plus la place aux autres. Ce dérèglement, cette absurdité va forcément engendrer des guerres et le chaos. Il n'y aura pas assez de place pour tout le monde, même si l'on sait que des colonies existent sur Mars.

L'homme est un conquérant et a une grande volonté de puissance. Mais son orgueil le perdra. Il veut jouer à l'apprenti-sorcier et court-circuiter l'ordre des choses pour satisfaire ses ambitions. Il n'y aura plus de limite à l'expansion de l'espèce humaine. Enfin, bref, mangeons notre repas tant qu'il reste encore de quoi se nourrir. »

Ce couple est resté silencieux et moi méditatif. Tout cela apparaissait vrai, désespérant pour l'avenir. Nous étions en 2120. La surpopulation de la terre était réelle et les personnes bénéficiant du traitement de plus en plus nombreuses.

Nous nous sommes quittés. Nous étions ravis d'avoir pu échanger. Cela avait soulagé nos esprits.

Ensuite, je les ai revus tous les jours et nous nous sommes liés d'une profonde amitié. Louis m'a un jour parlé d'un mouvement de résistance qui s'organisait dans les quartiers pauvres des villes. Il m'a donné des tracts concernant ce mouvement.

Je lui ai posé des questions sur les travaux qu'il avait pu mener dans les différents laboratoires. Je lui ai demandé quelles étaient les origines de cette découverte de la modification de l'ADN. Il m'a alors révélé une chose qui m'a bouleversé, il m'a expliqué que les essais cliniques s'étaient basés sur le journal d'un aventurier et médecin du XIXème, un certain Jules Crevaux.

Ce nom a résonné en moi comme un coup de tonnerre. J'avais enfin trouvé ce que je cherchais.

Chapitre 6

J'ai révélé à Louis toute mon histoire concernant ce journal et les étapes de mon expédition avec Jules Crevaux. Il n'en revenait pas. Il m'a regardé comme un objet de curiosité.

Je lui ai demandé s'il savait où se trouvait le journal. Il m'a montré les plans d'un laboratoire ultra-sécurisé. Le document de Crevaux se trouvait à l'intérieur d'un bureau. Il était très difficile de le récupérer. Plusieurs sas en barraient l'accès. De plus, il se trouvait dans un coffre doté d'un système de reconnaissance d'empreintes digitales.

J'ai avoué à Louis que je désirais m'en emparer car je brûlais d'espoir et d'envie de mettre un terme au fardeau qui pesait sur mes épaules depuis le XIXème siècle.

J'ai questionné Louis sur le sujet d'un antidote qui annulerait l'immortalité. Il m'a expliqué qu'il en existait un qui avait été prévu par les laboratoires. La formule de celui-ci avait été ajoutée au journal de Jules Crevaux et avait été consignée à la suite de ce document.

Ayant pris connaissance de cette nouvelle, mon cœur s'est allégé. Mais comment procéder pour bénéficier de l'antidote?

Olga, la femme de Louis, m'a dit que des seringues pré-remplies avaient été préparées pour inverser le breuvage d'immortalité. Il existait également des fûts de produits situés dans un hangar à côté du centre de recherche, dans un immense réfrigérateur.

Elle m'a aussi montré des plans et m'a informé que des forces de résistance s'organisaient pour désactiver, neutraliser des laboratoires. Le but ultime était de les faire

exploser et de faire disparaître à jamais cette
« renaissance génétique », ce progrès qui n'en
était pas vraiment un.

Toutes les équipes avaient dû, au
préalable, enlever la puce électronique qu'elles
avaient dans leur bras. Sinon, les opérations
échoueraient. Les trackers localiseraient les
membres de la rébellion.

J'ai dit à Olga qu'il existait peut-être des
copies des documents contenant la recette du
breuvage. Elle m'a rassuré sur ce point : tous
les secrets étaient connus des résistants qui
avaient patiemment développé tout un réseau
d'informateurs.

La question qui revêtait une très haute
importance à mes yeux, était de savoir quand
les opérations de destruction et de
récupération du journal et de l'autre formule
auraient lieu. Olga m'a répondu :

« Cela aura lieu dans pas moins de trois jours, pendant la nuit. Tout a été planifié et calculé. Veux-tu y participer ?

- Évidemment !

- De toute façon, tu nous es indispensable car seul un immortel pourra pénétrer toutes les forces de sécurité du bâtiment. Vu ta condition physique, tu es le plus à même de réaliser cela, surtout pour entrer dans le bureau sécurisé. Rendez-vous dans trois jours, la nuit du 21, à cette adresse. »

Olga m'a remis la localisation du bâtiment et l'horaire précis du rendez-vous.

Tout était prêt. Il ne restait plus qu'à passer à l'action. J'avais hâte et je sentais ma délivrance approcher. Mais les dangers étaient nombreux. Réussirions-nous ?

La nuit du 21, je me suis rendu au point de rassemblement et j'ai vu plusieurs groupes armés non loin du laboratoire central. Ils se sont dirigés vers les grilles des bâtiments et ont posé des explosifs. Certains ont réussi à échapper aux caméras car ils connaissaient très bien leurs emplacements.

Puis tout s'est enchaîné très vite. De multiples explosions ont retenti. J'ai vu arriver d'autres groupes venant de nulle part. L'assaut du bâtiment a été très efficace. Les portes avaient été détruites. Elles étaient grandes ouvertes.

Olga m'a ordonné de la suivre dans les étages. Nous étions plusieurs centaines à envahir le centre de recherche. Des vitres volaient en éclats. Des bombes étaient déclenchées partout, en même temps.

J'ai suivi Olga alors que le bâtiment était en flammes. Les sirènes d'alarme ont retenti. Olga m'a dit que les équipes d'intervention et les hélicoptères n'allaient pas tarder.

J'ai réussi à pénétrer dans le bureau où se trouvait le journal de Jules Crevaux en suivant un plan qui m'avait été fourni par mes amis. Un incendie important s'était déclaré. On m'avait fourni des pains d'explosifs pour ouvrir le coffre. À l'intérieur, la chaleur me compliquait la tâche mais j'étais très résistant. J'ai finalement réussi à l'ouvrir avec une très grande émotion et de grands frissons. Je me suis emparé du journal au milieu des flammes. Je ne sentais que très peu la chaleur même si mes vêtements prenaient feu.

Louis nous a rejoints dans une autre aile du bâtiment. Il m'a arrosé avec un extincteur.

Pendant ce temps, des fusillades faisaient rage aux abords et à l'intérieur du bâtiment. Il faut savoir que d'autres centres de recherche subissaient le même sort à ce moment-là. Les attaques avaient été conjointes.

Les tirs retentissaient partout et un immense incendie se propageait.

Lorsque nous sommes revenus dehors, au pied du bâtiment, nous avons couru mais déjà des forces armées nous entouraient et des hélicoptères braquaient sur nous des projecteurs. Il fallait faire vite.

Louis a pris une sorte de boîtier numérique et a envoyé un message d'alerte. Il l'a ensuite jeté et un pick-up est arrivé avec, à son bord, des hommes armés qui faisaient feu sur les agents de police. Nous avons tous embarqué dans le véhicule sans nous faire prier. Nous avons réussi à fuir par des routes secondaires et nous avons pénétré à l'intérieur d'un garage pas très loin du labo. Nous nous sommes cachés à l'intérieur en fermant une porte d'entrée massive.

J'ai appris que des équipes de notre mouvement de résistance étaient parvenues à s'emparer des fûts contenant les antidotes. L'opération semblait un succès mais nous avons appris plus tard que beaucoup avaient été capturés ou d'autres tués.

Nous sommes restés trois semaines dans le garage. Nous avons pu tenir grâce à des vivres qui avaient été stockées sur place. Puis nous nous sommes quittés en partant les uns après les autres, à intervalles espacés. Louis m'a dit de me rendre à une certaine adresse. Il m'a donné des postiches et une fausse carte d'identité pour passer les contrôles de sécurité. En effet, dehors, tous les quartiers avaient été bouclés.

Des contrôles de police, des barrages étaient déployés partout. J'ai dû passer de nombreux checkpoints.

Je suis enfin parvenu à l'adresse indiquée qui m'avait été donnée par Louis. Il s'agissait d'un petit pavillon de banlieue. Là-bas, une dame très charmante m'a reçu à l'intérieur d'une jolie maison. J'ai retrouvé des membres de l'équipe qui avaient fait sauter des bâtiments de recherche. Olga et Louis étaient présents, une discussion s'est engagée entre nous. Louis a pris la parole en premier :

« Maintenant, il reste la dernière phase de notre plan. Des équipes sont déjà à l'œuvre.

- Ah bon ? En quoi cela consiste ? », ai-je demandé, très surpris.

« - Nous allons déverser les fûts d'antidote dans l'eau potable en ajoutant une solution particulière. Il n'y aura aucun risque pour la population. Ainsi, tous les immortels de ce pays cesseront d'avoir une longue espérance de vie et nous allons nous assurer que d'autres pays subiront le même sort. Nous avons beaucoup de contacts à l'étranger, dans chaque pays.

- Est-ce qu'il y aura assez de produits pour faire cesser cette renaissance génétique ?

- Oui, il faut savoir que quelques millilitres suffisent pour stopper l'accroissement de la vie pour l'équivalent d'une ville comme New York et nous avons la formule dans le journal de Jules Crevaux. Nous allons en fabriquer d'autres. Le peuple va bientôt retrouver la liberté et les États totalitaires seront écrasés comme des cafards. »

Nous nous sommes réjouis de ces nouvelles. Nous avons pris un verre de l'amitié ensemble. Olga m'a demandé, en me prenant à part :

« Souhaitez-vous toujours bénéficier de l'antidote ? »

J'ai répondu par l'affirmative en lui faisant un clin d'œil.

Épilogue

Nous voici en 2122, date à laquelle j'ai décidé de mettre un terme à ma longue vie. Olga m'a injecté aujourd'hui, le 13 décembre, l'antidote et j'ai éprouvé un grand soulagement. Mon parcours avait été trop chaotique. Je ne pouvais continuer ainsi. J'en avais assez de me cacher, d'avoir des nuits courtes, d'être l'objet de toutes les curiosités, et surtout d'avoir contribué malgré moi à la « renaissance génétique. ».   J'ai profité de ma dernière année pour écrire mon histoire.

J'ai lu aussi le journal de Jules Crevaux. Cela m'a donné l'impression de le retrouver à travers ces pages. Il ne devait plus tomber entre de mauvaises mains. Le jour suivant mon injection de l'antidote, abolissant le processus de vie infinie, il s'est produit un phénomène étrange. Mon apparence physique a retrouvé en quelque sorte celle de mon âge réel. Je suis devenu en quelques heures un vieillard horrible et repoussant. Je ne pouvais plus marcher. J'étais cloué au lit.

J'écris ici mes dernières phrases car mes forces me quittent. Ma vue se brouille, mon cœur est sur le point de lâcher. Tout mon être se vide de la moindre énergie. Ca y est, je ne peux plus tenir mon crayon pour écrire. Adieu, je meurs... en paix... et...

Ici prend fin le journal d'Evan Le Buec. Cinq ans après sa disparition, tous les médias annonçaient l'apparition d'une « renaissance cybernétique », une sorte de création d'hommes hybrides avec des caractéristiques de robots qui multiplieraient considérablement leurs facultés de résistance et d'espérance de vie.

« La révolution n'a jamais amené que des régimes totalitaires plus durs que ceux qu'elle cherchait à renverser. » (Romain Belleau, in les rebelles).

Important :

Ceci est une œuvre de fiction. Les situations décrites dans ce livre sont purement imaginaires : toute ressemblance avec certains personnages ou des événements existants ou ayant existé ne serait que pure coïncidence.